【小説】JUMP j BOOKS

-Replace-

藤巻忠俊
平林佐和子

CH KUROKO PLAYS

CHARACTER LINEUP
キャラクター

帝光中学
TEIKO Junior High School

黄瀬涼太
KISE RYOTA

「キセキの世代」のレギュラーでモデル業もこなす。自称「黒子っちの親友」。

青峰大輝
AOMINE DAIKI

チームのエースで黒子の相棒。プレースタイル同様に性格も超攻撃的。

紫原敦
MURASAKIBARA ATSUSHI

「キセキの世代」の長身センター。バスケに興味はなくスナック菓子が大好き。

緑間真太郎
MIDORIMA SHINTARO

チームNo.1のシューター。「なのだよ」が口癖でいつも謎の小物を持っている。

桃井さつき
MOMOI SATSUKI

黒子のことが気になる女子マネージャー。青峰の幼なじみでもある。

赤司
AKASHI

黒子の才能を見出した帝光中学のキャプテン。まだ謎多き人物である。

黒子テツヤ
KUROKO TETSUYA

本編の主人公。生来の影の薄さとミスディレクションを活かしたパス回しが得意で“幻の6人目《シックスマン》”と呼ばれる。

STORY

黒子たちの“過去”が今、動き出す!!　超強豪・帝光中バスケ部には「キセキの世代」と呼ばれる5人の天才と、彼らが一目置く「幻の6人目《シックスマン》」黒子テツヤがいた。

この小説は彼らがまた、袂を分かつ以前、中学時代の物語である——。

さらに、本編では語られなかった誠凛高校、夏の山合宿の模様や、黄瀬たち海常高校が主役のエピソードなども収録。もう一つの『黒子のバスケ』、ここに解禁!!

THE BASKETBALL WHICH KUROKO PLAYS.

黒子のバスケ

-Replace-

Replace…バスケット用語で「元いた場所に再び戻ること」

第1G《ゲーム》
わりと騒がしい
帝光中学の放課後

全中《ぜんちゅう》三連覇《れんぱ》を誇る帝光《ていこう》中学校バスケットボール部。
その輝かしい歴史の中で、一際異彩《ひときわいさい》を放つ時代があった。
十年に一人と言われる天才が、五人同時に現れたのである。
最強を誇る彼らを、ひとは「キセキの世代」と呼んだ。
帝光が掲げる《百戦百勝》を文字通り可能にした「キセキの世代」。
五人の天才の名は、赤司《あかし》、緑間《みどりま》、紫原《むらさきばら》、黄瀬《きせ》、青峰《あおみね》。
そして天才五人がそろって一目《いちもく》置く存在――幻《まぼろし》の六人目《シックスマン》・黒子《くろこ》テツヤ。

これは奇跡と呼ばれた少年たちが、その名を全国に轟《とどろ》かす以前――
彼らがまだ、本当の自分の力に気づいていない頃の、お話である。

一

「ことわったぁ⁉」

「ちょっ、や、やめっ、しーっ！」

桃井《ももい》さつきは慌《あわ》てて口の前で人差し指を立て、声の主――クラスメイトの和泉《いずみ》やよいをいさめた。

和泉もぱっと両手で口を押さえると、辺《あた》りを見回す。

六時間目が終了した教室は、帰る人と部活の準備を急ぐ人に分かれ、雑然とした様子で、教室のうしろで会話する桃井たちを気に留める人はいないようだ。

和泉と桃井はそろってほっと胸をなで下ろす。桃井はさりげなく教室の出入り口へ向かって一歩進み、にっこりと和泉に笑いかけた。

「じゃあ、私は部活があるから……」

「ちょい、待ち！」

笑顔で立ち去ろうとした桃井の手を、和泉はがしっとつかみ、流れるような動作で肩に腕を回すと顔を寄せて小声で尋《たず》ねる。

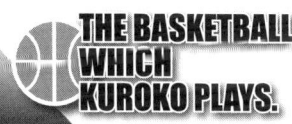

「ちょっと、なんで断ったの⁉　告《コク》ってきたのは、バレー部のキャプテンだよ！　ファンクラブまであるイケメンさんだよ⁉　断ることないじゃん！」

「だ、だって、相手のこと、よく知らないし……」

困ったように視線を落とす桃井の肩を、和泉は焦《じ》れたように揺らした。

「そんなのつきあってから知ればいいじゃん！　もったいない、もったいないよ、さつき！　今年入ってから告られたの、もう六人目なのに！」

がくがくと桃井の肩を揺らす和泉。しかし、それが急にぴたりと止まった。

「さつき……もしかして……」

和泉の目がきらりと光る。

「好きな人、いるの？」

「えっ⁉」

瞬間、桃井の顔がぽわっと朱《しゅ》に染まった。

それを見逃す和泉ではない。しっぽをつかんだと言わんばかりに、ぎゅううっと肩に回した腕に力を込めた。

「そーか、そーか、それだからか！　相手は誰⁉　青峰《あおみね》君⁉」

「違うって！　あいつは単なる幼《おさな》なじみ！　危なっかしいから目が離せないっていうか、

放っておけないっていうか……そういう感じなだけ！」

「そうかなぁ〜？　単なる幼なじみが、ある日突然恋のお相手に！　いいじゃない、それ！　理想的！　別マにあってもいい感じ！」

「別間《べつま》？　どこそこ？」

「別冊マーガレット！　略して別マ！」

和泉は呆《あき》れた様子でため息をつくと、桃井にこつんと小さく頭突《ずつ》きをする。

「さつき、少しは少女漫画も読みなよ。あんたが読む本って、バスケ関連ばっかだし、見るテレビだって、他校の試合を録画したやつばっかでしょ？　たまには少女漫画読んで、恋愛に憧《あこが》れたりしよーよ。いーっぱい、告られてるのに、なんでそんなに恋愛に無関心なわけ？」

「べ、別に、恋愛に無関心ってことはないよ……」

桃井は微妙に言葉を濁《にご》らせて、声の出力を抑えた。自分でも頬《ほお》が熱くなっているのがわかる。だからそれを和泉に気づかれる前に、彼女は体をくるりと回し、するりと和泉の腕から逃れた。

「もうホントに練習に行かないと遅刻しちゃうから！　またねっ」

ばいばい、と和泉に手を振り、桃井は体育館へと急いだ。

今日はバスケ部にとって、特別な日なのである。

といっても、他校との試合があるわけではない。

帝光《ていこう》中学校は来週から中間テストに入る。類希《たぐいまれ》なる才能を持つ選手たちであっても、本分は中学生であることに変わりなく、テストを受けることは必須《ひっす》だ。なので、どの部も今日がテスト前最後の部活動となるのだ。

テストが実施される四日間とその前の一週間。合わせて十一日間は部活ができない。バスケを愛して止《や》まないメンバーにとってはまさに苦行だ。となれば、今日の部活がいかに彼らにとって重要か、おのずと理解できる。

だから、桃井が体育館に着き、三年生の先輩部員から「今日は基礎練習だけで終了だよ」と聞かされたときは、驚きのあまり目をぱちくりしてしまった。

「基礎練習だけって……いいんですか？」

桃井は我が耳を疑い、改めて先輩部員に尋ねる。が、彼は「そう」とうなずいた。

「今日は基礎練だけにしたいと、赤司《あかし》が言い出したんだ」

「赤司君が……？」

桃井は練習する部員に目を向けた。

コートを走るメンバーの中に、赤司の姿が見える。

赤司はいつもと変わらぬ様子で、基礎練をこなしていた。

「赤司のことだし、なにか理由があるんだろ」

「そう、ですね」

先輩部員の言葉に、桃井は首を傾《かし》げつつも、了解の意を示す。あの赤司が言い出したというならば、桃井も異論を挟《はさ》むつもりはない。

赤司の提案にはいつも驚かされる。だが、いつだって時がたてば、その提案が正しかったことを実感するのだ。

その一番いい例が、赤司が見いだした幻《まぼろし》の六人目《シックスマン》である。

桃井はその幻の六人目の姿を探し、コートに目を走らせた。

「あの……その判断とボクが見学って、関係あるんですか？」

突然の声に桃井は、ひぃっっと片足を縮《ちぢ》こませて、一歩飛び退《の》く。

「桃井さん、大丈夫ですか？」

「テ、テツ君!?」

声の主は、桃井が探していた黒子《くろこ》テツヤ、本人であった。

黒子はいつもの練習着でコート外に立っている。つまりは桃井の隣、見学スペースにだ。

「テツ君、どうしてこ、ここに!?　あ、え、見学？」

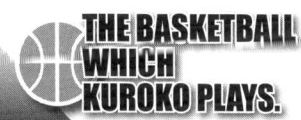

驚きのあまり、桃井は裏返った声で尋ねた。探していた人物が突如《とつじょ》として目の前に現れたのだから、仕方がないと言えば仕方がない。

「今日は見学してろと赤司君に突然言われたんです。どうしてなんでしょう？」

いつもの無表情ながら、どこかふて腐《くさ》れたように黒子がぼやいた。

「赤司君が？　見学してろって言ったの？」

ようやく落ち着きを取り戻した桃井が、そう尋ねると黒子は「はい」と答える。

「赤司がそう言うんだし、おとなしく見学してろよ」

先輩部員はぽんぽんと黒子の肩を叩《たた》くと、練習に加わるべく、その場を離れていった。

「今日はテスト前、最後の練習なのに……」

黒子は小さくため息をつく。先輩にまで言われてしまっては、決定は覆《くつがえ》らないと悟《さと》ったのだろう。黒子はおとなしく桃井の隣で練習するメンバーを見つめた。

桃井もコートに視線を移すが、意識はどうしても隣に立つ幻の六人目に向いてしまう。

脳裏《のうり》に和泉やよいの言葉が蘇《よみがえ》る。

「好きな人、いるの？」

桃井はちらりと、黒子を盗み見た。黒子はじっとコートを見つめている。

たぶん……好き、なのだと思う。

自分の隣に立つ、この影の薄い少年が。

黒子のことを意識しだしたのは、つい最近のことだ。

きっかけは些細《ささい》なことだった。あれはつい、数日前のこと。その日、部活帰りの途中で、男子メンバーはいつも通りにコンビニに寄り道をした。桃井も一緒に歩いていたが、男子ばかりでわいわいと楽しげにしている輪《わ》には、なんとなく入りづらい。

だから遠巻きにその光景を見つめて、「なんか、いいなー」という表情は無意識にしていたのかもしれない。

そんな桃井の前に、黒子が突然現れた。

「ボクもういらないんで、これあげます」

「え？」

黒子が差し出していたのは、食べ終わったアイスの棒。突然のことに、桃井はわけもわからず言われるままに棒を受け取り、「なんなの？」と不審《ふしん》に思いながら見てみれば、目に飛び込んできたのは《あたり》という文字。

その一連の出来事に、桃井の心は真ん中直球ストライクで射貫《いぬ》かれた。

黒子の行動すべてが、桃井にとって完璧《かんぺき》だった。

自分の気持ちに気づいていたこと。さりげなくみんなの輪に入るよう、うながしてくれたこと。しかもそれでいて、恩着せがましくないこと。

実際のところ、黒子がどういうつもりだったかはわからないが、桃井にはそう思えた。

そう、思えてしまった。

これが、黒子を意識し始めたきっかけであった。

一度意識してしまうと、今まで気づかなかった黒子の姿が見えてくる。

いつもの存在感のなさと、試合中の凛々《りり》しさのギャップ。

自分の特技《とくぎ》を徹底的に活《い》かすスタイル。

データからの予測を超える行動《アクション》。

それらを目《ま》の当たりにするたびに、黒子に対する興味は増す。

その内、ふと桃井は気づいた。

――もしかして、これって恋?

けれど、この感情が恋だと、言い切ってしまっていいのか、よくわからない。

そもそも自分でも、《アイスの棒が恋のきっかけ》というのは、どうなのだろうか、と思わなくもない。

こんなことを和泉に話したものなら、「深く考えすぎ!」と言われそうだが、これは桃井にとって、はじめて男子を意識し始めた、記念すべき出来事なのだ。

これが恋かどうか、慎重に見極《みきわ》めなくちゃね！　桃井は密《ひそ》かに心に決めていた。

そのためにも黒子の分析《ぶんせき》は必要なことだ。桃井は初めての感情にどきどきしながら、持ち前の分析力で隣の男の子を観察した。

そんな桃井の意識を呼び戻すように、「わぁぁぁ！」とコートで歓声《かんせい》があがった。

練習はパス練のメニューに入っていた。コートの端から端まで、三人でダッシュをかけながら、ボールをパスのみで繋《つな》げる練習である。

コートの端まで来たら、シュートを決めて終わりなのだが、ちょうど今、青峰がシュートを決めたところらしい。青峰がゴールポストよりうしろで、こちら向きに着地しているので、おそらくゴールポストの裏からシュートしたのだとわかる。

「相変わらず、めちゃくちゃなんだから……」

桃井は思わず苦笑いを浮かべた。

「でも、すごいです」

桃井の独《ひと》り言《ごと》に相《あい》づちを打つように、黒子が続けた。

「やっぱり青峰君はすごいですよ」

そうつぶやくと、黒子は近くに転がっていたバスケットボールを拾い上げる。

桃井はそのとき、赤司がなぜ黒子に見学するよう言ったのか、わかったような気がした。

二

コートのスタート地点に戻った青峰に、黄瀬《きせ》が興奮《こうふん》した様子で話しかけた。

「青峰っち！　なんスか、今の！　なんであれでシュートが入るんスか⁉」

「そりゃおめー……なんでだ？」

青峰が今更《いまさら》ながら首を傾《かし》げた。

「自分でもわかってないんスか⁉」

「理屈じゃねーんだよ、こういうのは。いいじゃねーか、入るんだから」

青峰はくったくなく笑った。

「つーかさぁ、基礎練もいいけどよぉ、やっぱ最後はゲームしたいよな」

「オレもオレも！　オレ、青峰っちと勝負したいっス！」

黄瀬が「はいはい！」と名乗り出るように、手をあげた。

「ゲームもいいが、おまえたちこそテスト勉強を頑張ったほうがいいのだよ」

近くで聞いていた緑間《みどりま》が、メガネをくいっと押し上げながら忠告する。

「特に、青峰。おまえは今度こそ赤点ギリギリを脱しろ」

「いんだよ、あんなの。ノート見直せば、なんとかなるし」

「おまえの場合、そのノートが怪《あや》しいだろう！　授業中ひたすら寝ていて、全くノートを取っていなかったのを、オレは見ているのだよ！」

「げっ、おまえなんでオレをそんなに見てんだよ。……ストーカー？」

「誰がだ！　クラスでオレの前の席がおまえだっただけなのだよ！」

「あー……そうだっけ？　……おまえ、オレと同じクラスなの？」

「クラスメイトの顔ぐらい覚えておくのだよ！」

「いーじゃん、別に。な、紫原《むらさきばら》」

青峰はパス練の順番を待っていた紫原を見上げる。

紫原はのっそりと眠たそうな顔で振り向くと、こくりとうなずいた。

「オレも、クラスメイトの顔覚えてないかも」

「ええ!?　オレ、同じクラスなんスけど！」

黄瀬がショックを受けていると、

「おい、ちゃんと練習しろ。基礎練だからって気を抜くなよ」

と、先輩部員に注意されてしまった。

一同は「はーい」と素直に返事をすると、その後は全員とも基礎練に集中し、練習が終わったのは夕方にもまだ時間がある時刻だった。

三

練習が終われば、コートを整備するのは一年生の役目である。彼らがモップがけをする傍《かたわ》ら、桃井は今日のメニューと、各選手についてのメモをとっていた。こうした日々のメモが、試合で大いに生《い》かされるのである。

すでに黒子は着替えるためにロッカールームへ行ってしまって、ここにはいない。つい先日までは、黄瀬の教育係として最後の掃除《そうじ》も見守る立場だったが、黄瀬がレギュラーになったおかげで、二人ともこのお役目を解除されていた。

手《て》慣《な》れた様子でノートにメモをとる桃井を呼ぶ声があった。

「桃ち～ん」

スピード勝負のバスケットボールプレーヤーとは思えないほどの、のんびりした声を出し、桃井に近づいてくるのは紫原である。

桃井はノートから顔を上げ、目の前に立った紫原を見上げると、ぷうと頬を膨《ふく》らませた。

「ムッ君！　その呼び方、イヤだっていつも言ってるのに！」

「え～、なんで？　呼びやすいし、かわいいし、よくね？」

「かわいくないよっ！　それに、名字よりニックネームのほうが長いじゃない」

「えー、そうだっけ？　まあ、いいじゃん、そんなこと」

「そんなことって……」

桃井はふうと、頬にためていた空気をはき出す。紫原になにを言っても、《糠《ぬか》に釘《くぎ》》なのは今に始まったことではない。彼とつきあっていくには、早めの諦《あきら》めと広い心が必要なのである。

「それで……ムッ君が私に何の用？」

「ああ、そうだった。赤ちんから桃ちんに伝言～」

「赤司君から？」

桃井の顔がぴんと真面目《まじめ》モードに切り替わる。あの赤司から伝言となれば、よほど重要なことに違いない。だが、ここ最近の部活状況で赤司から伝言を受け取るような要件はないはずだ。伝言の内容が予測できない。

桃井は、紫原の言葉に全集中力を注いだ。

そして、発せられた言葉は。

「桃ちんは、今日は黒ちんといっしょに下校して、ってさ～」

「え？」

桃井の思考は停止した。

一緒に下校して……って、どういうこと？

桃井は言葉の意味を考え、その様子を想像し、赤司というなんでも知っている（ように思える）同級生の顔を思い出して、

「えぇぇぇぇぇぇぇぇ――――!?」

紫原さえもが驚く、恥《は》じらいと喜びの混ざった声をあげた。


もしかしたら、好きかも知れない人とはじめての下校。

それなりの期待に胸を膨らませて、桃井は待ち合わせに指定された校門までやってきた。

だが、校門にできあがっている光景を見て、期待はあっさり泡《あわ》と消える。

「赤司君に、桃井さんと一緒に帰れと言われたんですけど、どうしてなんでしょうか」

すでに校門の前にいた黒子は、微《かす》かに困ったような顔をして桃井を待っていた。

「赤ちんのことだから、なんか意味あるんじゃない？」

そう言ったのは、黒子の隣に立つ紫原である。

「意味つったら、一つじゃないんスかね。ね、青峰っちもそう思うっしょ？」

紫原の言葉を受けて黄瀬が意味深《いみしん》に笑い、青峰に話を振る。

しかし、青峰は全く興味のない様子で、大きくあくびをすると言った。

「そんなの、どーでもいいからさぁ……。さつき、ノートコピーさせろ」

「青峰っ！　桃井のノートに頼るとか、ありえないのだよ！」

声を荒らげる緑間の隣では、赤司がすました顔でひとり読書モードだ。

「……もしかして、みんな一緒に帰るの？」

桃井が念のために尋ねると、赤司を除く四人がうなずいた。

「まーな。さつきのノートコピーしたら、帰るけど」と、青峰。

「ダメっスよ！　途中で帰ったら、おもしろくないっス！」と、後半は小声で青峰だけに言う黄瀬。

「オレは、とりあえずコンビニまで一緒かな～」と、紫原。

「一人で帰るつもりだったが、気が変わった。途中まで同行する」と、緑間。

桃井は頭が痛くなった。

黒子と一緒の下校を楽しむどころか、いつの間にか、一際面倒《ひときわめんどう》なメンバーと連れだっての下校になっている。

最後に、すべての原因である赤司がさらりと言った。

THE BASKETBALL WHICH KUROKO PLAYS.

「桃井、あとは任せた。黒子には寄り道をさせず、まっすぐ帰らせてくれ」

「え、ちょ、ちょっと赤司君⁉」

桃井は慌てて呼び止めるが、赤司はさっさと歩き出し、背中越しに軽く手を振るのみだ。

「い、行っちゃった………」

桃井は呆然《ぼうぜん》と赤司のうしろ姿を見つめた。

「寄り道すんなって、先生かよ、あいつは」

赤司のうしろ姿を一瞥《いちべつ》し、青峰が言う。そのうしろで、黒子が「赤司君が先生になったら、授業はわかりやすそうですね」と言うと、「でも説明がレベル高過ぎて、やっぱりわからない気がするっス」と、黄瀬が言った。

「まあ、そんなのどうでもいいか。とりあえず、コンビニ行こうぜ。オレ、さつきのノートコピーしねぇと」

青峰の号令に他のメンバーがうなずき、ぞろぞろと歩き始める。

それを慌てて、桃井が引きとめた。

「ちょ、ちょっと待って！　私もテツ君もコンビニ行かないからね！」

「なんでだよ？」

先頭を歩いていた青峰が振り返り、桃井に尋ねた。

「おまえのノートコピーすんのに、おまえが来なくてどうするよ？」

「今の話聞いてたでしょ？　私は赤司君から、テツ君を寄り道させずに帰らせろって言われたの。コンビニに寄れるわけないじゃない」

桃井が使命感に燃える瞳《ひとみ》で訴《うった》える。

「だから今日はこのまま帰ります！」

「ちょっとぐらい、いいじゃねぇか。コンビニなんて、寄り道のうちに入らねぇよ」

「だめ、ぜったいだめっ！」

頑《がん》として譲《ゆず》らない姿勢の桃井に、青峰は「何のキャッチコピーだよ……」とうんざり顔で頭をかく。

すると、黒子が突然、手をあげ「あの…」と皆に声をかけた。

「ボク、先日の国語の授業、休んでしまったんですよね」

「は？」

急に飛び出してきた話題に、なにを言い出したのかと、全員の目が黒子に集中した。

「桃井さん、ボクにもノートをコピーさせてもらえませんか？」

「え？　……えっ⁉」

突然の黒子のお願いに、桃井の使命感が揺らいだ。

どうしよう……でも、テツ君にお願いされるなんて、滅多《めった》にないよ？

レアな状況に桃井はあわあわと、端《はた》から見てもわかるぐらい動揺する。そんな桃井に追い打ちをかけるように、黒子がぺこりとお辞儀《じぎ》をした。

「お願いします」

回りが背の高い人間ばかりのせいか、まるで小動物のように見えるお辞儀に桃井の心はきゅんっとときめき、決意はころりと転がった。

「じゃ、じゃあ、コンビニだけだからねっ！　コピーしたら、すぐ帰るんだからねっ！」

言葉では強く言いつつも、桃井の顔はほてっていた。

「んじゃ、行くか」

改めてかけられた青峰の号令と共に、一行は歩き出す。

なんかうまく乗せられたかも……と桃井はぱたぱたと手で頬に風を送りながら、彼らの最後尾にくっついて歩いて行く。

すると、列のうしろのほうにいた緑間が桃井に振り向いた。

「桃井、テスト前はいつも青峰にノートを見せてやっているのか？」

「え？　うん、そうだけど……」

緑間は歩く速度を落とし、桃井の隣に並ぶ。

「それは甘やかしすぎだと思うのだよ」

「うん……それは思うんだけど、ノート見せないと青峰君てば、テスト前から赤点決定になっちゃうし……」

「ならば……やはり青峰は桃井のノートだけを見て、赤点を免《まぬが》れているというわけか」

「そうなるかな」

「桃井……おまえはノートをどうやってとっているのだ？」

「え？　どうやって？」

意図《いと》の読めない質問に、桃井は聞き返す。緑間はひどく真剣な様子で、桃井を見つめていた。

「ノートはシャーペンで書いているのか？　それともカラーペンか？　いやそもそもノートはなにを使っているそれともあれかテスト用にまとめたノートがあるのか!?」

「ちょ、ちょっと待って、待ってよ、ミドリン！」

桃井が落ち着けとジェスチャーで示すと、矢継《やつ》ぎばやの質問攻《ぜ》めから我に返ったのか、緑間がわざとらしくこほんと咳《せき》をした。

「少しだけ、気になったのだよ」

「気になったって、私のノートが？」

緑間はそれには答えず、前を向いて言った。

「オレは青峰とは今年から同じクラスになったが、あいつが授業中に起きているところを見たことがない。だが、ヤツはギリギリとはいえ、常《つね》に赤点を免《まぬが》れている。その秘訣《ひけつ》はノートにあるのではないかと思ったのだよ」

「秘訣って……そんな大層《たいそう》なものではないと思うけど……。それが人事《じんじ》を尽《つ》くすということなのだよ！」

「どんな可能性をも疑う。それが人事を尽くすということなのだよ！」

緑間の熱い語りに、桃井は「もしかして……」とあることに思い当たる。

「ミドリン、よかったら私のノート、コピーする？」

「なにっ⁉　いいのか⁉」

緑間の顔がぱっと輝く。だがすぐに、それを隠すようにメガネのつるを手で押さえた。

「べ、別に、オレはおまえのノートをコピーさせてほしいとは思っていないのだよっ」

「うん。私がミドリンにコピーしてほしいの」

「は？」

緑間の顔が疑問に歪《ゆが》む。桃井は笑って答えた。

「青峰君が赤点を免れる秘訣が私のノートにあるなら、私もそれを知りたいなと思って。ミドリンが私のノートを見れば、その秘訣がわかるかもしれないでしょ？」

「あ、ああ……そういうことか」

緑間が納得してうなずく。

「それなら、おまえのノートを見てやってもいいのだよ」

高飛車《たかびしゃ》な発言とは裏腹《うらはら》に、どこか嬉《うれ》しそうな緑間に桃井は微笑《ほほえ》んだ。

「今度の中間テストで、赤司君に勝てるといいね」

「ああ、もちろん今度こそヤツに勝つのだよ」

緑間は桃井の気遣《きづか》いに気づかず、さらりと本音を漏《も》らす。

勉強熱心で有名な緑間であるが、学力テストにおいては赤司より上の順位にランクインしたことがない。プライドの高い彼がもちろんそれで良しとするはずがなく、毎回テスト勉強のたびに様々なアプローチを試《こころ》みているらしいことは、桃井も噂《うわさ》で聞いていた。そして今回、そのアプローチの一つに選ばれたのが、《青峰に赤点を免れさせるノート》だったようだ。

桃井としては、あの赤司が、『なにか』で『誰か』に負ける姿は想像できないが、応援するだけなら自由である。

「しかし秘訣を見つけるためとはいえ、ノートをコピーさせてもらうのは気が引けるのだよ。この礼はいずれ何らかの形で返す」

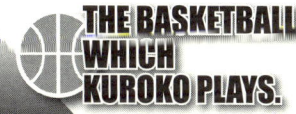

律儀《りちぎ》な緑間に桃井は笑って、小さく首を振った。

「いいよ、ノートをコピーするだけだもん。青峰君なんか、今まで一度だってお礼してくれたことないよ」

四

一方、その青峰は黄瀬につかまっていた。

「青峰っちって、どうやってバスケのコツを学んだんスか？」

「柔軟《じゅうなん》とか、いつも家でどれくらいやってんスか？」

「ちっちぇえ頃、手作りのリングがあったってマジっスか？」

黄瀬の青峰に対する質問は尽きることがない。

しかしどの質問に対しても、青峰の答えは「なんとなくだな」「適当」「おぼえてねぇ」で終わってしまう。

「青峰っち、もっと真面目に答えてほしいっス！」

とうとう黄瀬が、青峰に抗議した。

「オレはちゃんと答えてるぜ。てか、おまえの質問は細かすぎんだよ」

と、青峰はうんざりとした顔で答えた。練習後にやっているリン・オン・リンと同程度の熱心さで質問攻《ぜ》めにされるのだから、《言葉よりも感覚派》の青峰にはたまったものではない。

「つーわけで、質問は終了～。話すなら、もっとおもしろいこと話せよ」

「おもしろいことって、例《たと》えばなんスか」

黄瀬が不満顔で尋ねる。青峰はやや斜《なな》め上を見て、思考を巡《めぐ》らせると、言った。

「おまえモデルなんだから、そっち関係でおもしろい話とか、ないのかよ」

黄瀬は「そっスねぇ……」としばらく考え込んでいたが、ぱちんと指を鳴らして、話しだした。

「この間、雑誌の表紙撮影があったんスけど、メイクさんがすげーはりきってて。なんか、表紙を飾るのって、やっぱ一流っつーか、モデルにとっちゃ一種のステイタスらしいんスわ。んで、メイクさんが、オレのためにがっつりメイクプランを作ってきてくれてて、もうベースからして、スゲー感じで塗りはじめて、いやもう塗るっていうか、ちょっとずつ超時間かけて、肌《はだ》に置いてくって感じなんスよ。そんで……」

「テツー、なんかおもしろい話ない？」

黄瀬の話には全く耳を貸さず、青峰はうしろを向き、黒子に話しかけた。

「ちょっと！　青峰っち、ひどくないっスか⁉　話せっていうから、話したのに！」

黄瀬が文句を言うと、青峰は「だってよー」と口をとんがらせる。

「別に化粧《けしょう》の話とか聞いても、おもしろくねーじゃん」

「これは前提の話っス。こっからおもしろくなるんスよ！」

「だって、そこまで我慢《がまん》して聞かないといけないんだろ？　面倒だって。直球でおもしろい話しろよ」

「んな、無茶苦茶な……」

黄瀬が肩を落とす。青峰は気にした様子もなく、再度黒子に話しかけた。

「んで、テツたちはなに話してたんだ？」

「なにって……」

黒子は隣を歩く、紫原を見上げた。

「ふつ～に、お菓子の話かな～。黒ちんがまいう棒《ぼう》の新作を見つけたって言うからさー」

紫原は眠そうな目で言った。

「へえ、新作ってどんな？」

青峰は興味が湧《わ》いたらしく、先をうながす。黄瀬は「直球でおもしろい話って、まいう棒なんスか⁉」と嘆《なげ》いていたが、無視された。

「どんなって……食べてみたくなる感じの味だよねー」

と言うと、紫原は眠たそうにあくびをするので、代わりに黒子が説明する。

「この前、たまたまゲーセンで見かけたんですけど、《ラー油トマト》味というのが出たみたいです」

「《ラー油トマト》味⁉　んだよ、それ。普通にどっちかにしろって感じだよな」

「つか、黒子っち、ゲーセンとか行くんスか⁉」

青峰の冷遇《れいぐう》により折れた心を、どうにか立て直した黄瀬が話に入ってきた。ゲーセンで黙々とゲームをする黒子の姿が、黄瀬には想像できない。

黒子はこくりとうなずくと、言った。

「わりと好きなんです。クレーンゲームとか、得意です」

「黒子っちがゲーセンでクレーンゲーム……」

黄瀬の脳裏に思い浮かんだのは、一人黙々とクレーンゲームをする黒子の姿。

どことなく寂《さび》しいっスね……と、黄瀬は思う。

しかも黒子のことだから、意外と極《きわ》めていたりして、大きなぬいぐるみも簡単に取ってしまいそうである。それなのに、誰にも気づかれず、人知れずゲーセンを後にしていたりして。

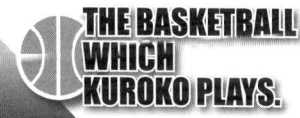

姿なき謎のクレーン王現る、という伝説が生まれていても不思議じゃない……と黄瀬は一人想像を膨らませた。

これは是非《ぜひ》とも、真相を確かめておかねば！　黄瀬の目がキランと光る。

「黒子っち、これからゲーセン行かないっスか？」

「はぁ？　なに言い出すんだよ、急に」

黒子より先に、青峰が呆れた声で言った。

「や、だって、黒子っちがクレーンゲームやるとこ、見たいじゃないスか」

「それはだめー。コンビニが優先だからー。ね、黒ちん」

寝ぼけた声の紫原が間に入る。黒子が補足《ほそく》説明を加えた。

「新味のまいう棒をコンビニで探そうって話を、さっきまでしてたんです」

「でも、新味はゲーセンで見つけたんスよね。なら、ゲーセンに行っても同じじゃないっスか」

「ゲームの景品よりも、買えるならコンビニのほうが楽じゃん。他にも食べたいのあるし」

「オレもさっさとさつきのノートコピーしてーんだから、コンビニだな」

黄瀬は仕方なく意見を取り下げ、当初の予定通り、コンビニへ向かった。

コンビニに着くと、桃井、青峰、緑間はコピー機に直行し、黒子と紫原はお菓子売り場へと急いだ。一人余った黄瀬は、コンビニの外で皆の用事が終わるのを待っていた。

すると、三分と経《た》たないうちに、桃井たちコピー組が店から出てきた。

「あれ、早いっスね」

黄瀬は驚きの声をあげる。

「コピー機が使えねーんだって」

青峰がつまらなさそうに答えた。

「うちの学校の生徒が大量に押しかけて、ノートをコピーしていったらしい。おかげで用紙不足なのだよ。まったく、テスト前に他人のノートをコピーなど、ありえないのだよ」

緑間が不機嫌な表情でメガネを押しあげた。

「つか、おまえだって、さつきのやつ、コピーしようとしてんじゃん」

青峰がすかさず突っ込む。

「オレは桃井から頼まれたから仕方なくなのだよ、それに自分のノートはちゃんとある。その上でのコピーなのだから、話は違うのだよ」

「なにが違うのか、全然わかんねぇ」

青峰の意見に黄瀬も全面的に賛成だった。

「みなさん、早いですね」

と、今度は黒子と紫原のスナック菓子組が店から出てきた。紫原は手にコンビニの袋を提《さ》げている。

「お目当ての《ラー油トマト》味のまいう棒は買えたんスか？」

黄瀬が尋ねると、紫原がふるふると力なく首を振った。

「すげー残念……」

「《ラー油トマト》味は、入荷《にゅうか》している店がまだごく一部のようで、ここにはありませんでした」

またも黒子が丁寧《ていねい》に説明する。ちなみに紫原が手にしているコンビニ袋には、まいう棒とは別のお菓子が入っているらしい。

黄瀬は、青峰たちがコピーできなかったことを説明した。

「仕方ねぇ、他のコンビニを探すか」

青峰が言うと、桃井が「えぇ!? 約束が違う！」と主張したが、彼女に構わずに緑間が言った。

「だが、ここから徒歩圏内《けんない》のコンビニなら、同様のことが起きていそうなのだよ。うちの学校の生徒数はかなりのものがあるからな」

「オレ、無《む》駄《だ》足《あし》すんのやだなー」

紫原が買ったばかりのポテトチップスをはおばりながら、ぼやく。

今度こそ、桃井が勝ち誇ったように宣言した。

「だから、今日はもう終わり！　解散しましょ。テツ君は寄り道しちゃ、ダメなんだから。ね、テツ君」

桃井が黒子に振り向くと、彼はぽりぽりと頬をかいて言った。

「ボク、ちょうどいい場所を知ってますよ」

「え？」

全員の視線が黒子に集中した。

「ボクがよく行くゲーセンに、コピー機も置いてあるんです。わりと穴場《あなば》の場所なので、うちの生徒は誰も知らないと思います。ちなみにまいう棒の新作を見つけたのも、そのゲーセンです」

「じゃあ、そこに行くか」

「ダメだってば！」

赤司の司令を受けた桃井は、全身の力を込めて叫ぶ。

「テツ君は寄り道しちゃダメなの！　だから絶対ダメ――――！」

五

ピロロロロロリン、という軽快な音を聞きながら、桃井はがくっとうなだれた。

「けっきょく、来てるし……」

桃井の主張虚《むな》しく、他のメンバーに押し切られるようにしてやってきたゲーセンは、近くの大型スーパーの最上階にこぢんまりと設置されていた。

「ゲーセンっつーか、ゲーム機だけちょっと置いてるって感じっスね」というのが、黄瀬の感想であり、まさしくその通りの場所だった。

スーパーを利用した親子連れが、帰りにちょっと遊んでいくことを目的に作られているらしく、レーシング系や対戦系のゲームはほとんど並んでいない。

黒子の教えてくれたコピー機も、はじっこにちょこんと忘れられたように置いてあり、緑間と青峰が「これ、動いてんか?」と疑いながら十円を入れるという有様《ありさま》だ。もちろんコピー機は値段分の働きはきちんと見せ、緑間と青峰は「だから、角《かど》をちゃんとそろえてコピーするのだよっ」「んなの、適当でいいんだって!」と言い合いながらも、着々と作業を進めていた。

黒子の分のコピーも二人に任せ、桃井は黒子たちと一緒にゲームセンターの隅《すみ》に佇《たたず》むゲーム機へと近づく。

「このゲームで高得点を出すと、景品がもらえるんです」

そう言って黒子が指さしたのは、リズムゲームだった。

しかも、リズムゲームの最初の火付け役、Ｄ・Ｄ・Ｒ《ダンス・ダンス・ルンルン》だ。

「まだ、置いてあるとこあったんスね……」

黄瀬が呆れ顔で、ゲーム機を見つめる。

「なにこれ、有名なゲームなの？」

紫原がお菓子を片手に、首を傾《かし》げた。全く知らないらしい。

「わりと前に流行《はや》ったゲームよ。画面の指示に合わせて、床のセンサーを踏むの。はら、あんなふうに」

桃井が指さす先には、もう一台のＤ・Ｄ・Ｒがあり、折しも小学生らしき少年がプレーしていた。小学生はやりこんでいるのか、無駄のない動きでゲームを進めている。

黒子が筐体《きょうたい》に百円玉を数枚投入し、「中級をあまり間違えないでクリアすると、景品としてまいう棒《ラー油トマト》味がもらえます」と説明すると、スナック菓子を食べる紫原の手が止まった。

「んー、じゃあ、自信ないけど、やってみるよー」

と、ぺろりとお菓子のカスがついた手を嘗《な》めて、紫原が台に上がる。

「これ、画面が見えにくい……」

「ムッ君が大きすぎるんだよ……」

と紫原のぼやきに桃井がコメントしている間に、脇《わき》から黒子が手を伸ばし、「とりあえず、初級モードから」とゲームを開始させた。

激しい音楽と共に、画面にはセンサーを踏むよう指示が出される。

しかし――

「ムッ君！　右！　右踏んで！」

「え？　あ、こっち？」

「紫原君、それは左です」

「あ、こっち？」

「もうゲームの指示変わってるっスよ！」

ある程度は予想できたことだが、初心者紫原の得点は散々《さんざん》だった。

「けっこう、難しいね」

台から降りた紫原が疲れた様子で言う。

「次はオレがやるっスよ！」

意気揚々《いきようよう》と黄瀬が台に上がった。

「きーちゃん、やったことあるの？」

桃井が尋ねると、黄瀬はVサインをして言った。

「はじめてっスけど、なんとかなるっスよ！」

もちろん、なんともならなかった。

「くそ――っ、これ意外とむずいっスね！　初級でこれだと、中級とかどんだけっスか⁉」

台から降りた黄瀬に冷ややかな視線が集まった。

「きーちゃん、モデルなのにリズム感全然ないのね……」

「初心者にしても、できなさすぎです」

「オレがやったときのほうが、得点高いんじゃない」

「ちょっ！　なんスか、それ！　みんな、酷《ひど》くないっスか⁉　初めてやったら、こんなもんっスよ‼」

黄瀬が抗議するが、他の三人は「だって、ねぇ……」と互いにうなずき合った。それほど、黄瀬の動きはすごかった。まるでロボットが足踏みをするかのような動きだったのだ。

思い出したのか、紫原が「……ぷっ」と吹き出す。

その様子に、さすがの黄瀬も腹が立ったのか、

「ああ、もういいっスよ！　絶対オレが中級で高得点出してみせるっス！」

と、息巻《いきま》いた。

「きーちゃんが高得点を出す前に、きーちゃんのお財布が空《から》になっちゃうよ？」

「大丈夫っス！　手はあるんスから！」

黄瀬は胸を張り、隣のＤ・Ｄ・Ｒを指さした。

そこでは、相変わらず小学生がゲームをやっている。

「これから、彼の動きを観察して、完璧にマネしてみるっス」

「えぇ――――!?」

桃井は驚きに声をあげ、黒子と紫原もややぎょっとした顔をする。

「マネって、できるの!?」

「できるっスよ。オレ、昔から一度見た動きは、わりと完璧にマネできるっス」

「でも、きーちゃん、全然リズム感ないのに、マネなんて……」

「リズムごと、覚えるっスよ！」

そう言うと、黄瀬は話しかけるな、と言わんばかりに三人に背を向け、小学生を凝視《ぎょうし》し

た。迷惑なのは、当の小学生である。

視線に気づいた彼は、怯《おび》えたような顔をして、一瞬動きを止めたが、その間もゲームは止まらない。そして一度始めたゲームを放棄《ほうき》するのは、彼のプライドに反するらしく、黄瀬の視線をゲームへの没頭《ぼっとう》で紛《まぎ》らわした。

こうして、一心《いっしん》に踊る小学生と、それを真剣に見つめる中学生の構図ができあがった。

「なんなの、これ……」

桃井が思わずつぶやく。

「せっかくですから、桃井さんもやってみたらどうですか？」

黒子が筐体を指さして言った。

「黄瀬君が覚えるまで、まだ時間がかかりそうですし」

「……そう、だね」

言われるままに、桃井は台に上がった。

桃井のリズム感はなかなかであったが、やはり初心者の域《いき》を出ず、そこそこの得点でゲームは終了してしまった。

「初級モードでも、わりと汗《あせ》かくんだね」

台から降りた桃井は、うっすらと額《ひたい》にかいた汗をぬぐう。

「ムッ君、お菓子はコンビニに並ぶまで待ったほうがいいんじゃない？」

「えー……そうかなぁ」

桃井の言葉に、紫原は半分くらい同意しつつも、あと半分は諦められないという本音の混じった返事をする。

そこへ、割って入る声があった。

「その必要はないっス！」

黄瀬である。

ちょうど隣の台では小学生がゲームを終えたところらしく、黄瀬は後を継ぐように台の上にスタンバイした。

「オレの本気はこれからっスよ！」

黄瀬は勢いよくゲームのスタートボタンを押し、モードを選択する。

アップテンポの音楽が流れると同時に、複雑な足の動きを要求する指示画面が現れた。

「まさか本当に中級モード⁉」

桃井が驚きに目を瞬《まばた》かせた。

しかし、驚くのはそれだけではない。画面に指示された通りに、黄瀬はそれを巧《たく》みな足さばきでこなしていったのだ。

「マジでリズムまでカンペキになってるよ」

さすがの紫原も驚いた様子で、黄瀬を見つめた。

「まだまだこれからっスよ！」

黄瀬の声に呼応《こおう》するかのように、音楽のテンポが一段階上がる。そして、黄瀬の足の動きも、さらに速く。

「すごい……」

桃井はもはや瞬きも忘れて、黄瀬の動きに見入った。

音楽が終わり、黄瀬の動きも止まったとき、桃井も紫原も思わず拍手《はくしゅ》で彼の健闘を称《たた》えた。黄瀬が出した得点は、これまでの記録を塗り替えたらしく、殿堂《でんどう》入りのメッセージが表示されている。

「これで、まいう棒も、手に入るっス、よね？」

あがった息を整えるように肩で呼吸をしながら、黄瀬は取り付けられているバーにもたれかかった。

「うん、きっともらえるよ！　ね、テツ君！」

桃井が嬉々《きき》として黒子に振り向いたが、そこには黒子の姿はなかった。

「あ、あれ？」

きょろきょろと辺りを見回す桃井。黄瀬と紫原も一緒になって、黒子を探すが、姿が見えない。

「ん～、いつからいなかったっけ？」

紫原が首をひねる。だが、その質問に桃井も黄瀬も答えることができない。

「テツ君⁉　どこ⁉」

桃井が慌ててその場を離れようとすると、

「どうかしたんですか？」

どこからともなく、ひょっこりと黒子が顔を出した。

「テツ君⁉　よかったー‼　もぉ、どこ行ってたの！」

桃井が半泣きの顔で言うと、黒子はぽりぽりと頬をかいた。

「すみません、ちょっと景品を取りに行ってきました」

「え？　景品？」

黒子が言ったことの意味がわからず、桃井は首を傾げる。

「これです」

そう言って、黒子が差し出したのは、透明のビニール袋に入れられたお菓子セットだった。ビニール袋の中に、まいう棒《ラー油トマト》味と書かれたお菓子が見える。

「あ、それって、もしかして……」

紫原の言いかけた言葉を引き取るように、黒子はうなずいた。

「景品のお菓子です」

「なんだ、もしかしてオレの景品を取りに行ってくれたんスか？」

黄瀬が言うと、黒子は首を横に振った。

「いえ、これはボクが取った景品です」

「え？」

今度は黒子以外の全員が首を傾げた。

「ボクもやったんです、Ｄ・Ｄ・Ｒ」

「はぁ!?」

三人がそろって、声をあげた。黒子は構わず、黄瀬のいる筐体の隣を指さす。

「黄瀬君がやってる隣で、ボクもやってたんです」

「うそ……」

桃井は絶句した。Ｄ・Ｄ・Ｒはかなりの音を響かせるゲームだ。いくら黄瀬の妙技《みょうぎ》に見入っていたとしても、その隣でやっていた黒子に気づかないとは……。

それになにより、黒子のＤ・Ｄ・Ｒをプレイする姿を見逃したことが桃井としては純粋に悔《くや》しい。

あーん、テツ君がやってるとこ、見たかったよー、と、桃井は肩を落とした。

そんな桃井の胸中《きょうちゅう》など知るよしもない黒子は、お菓子を紫原に渡すと、思い出したかのように言った。

「ちなみに黄瀬君の得点だと、景品はこのお菓子セットじゃないですよ」

「えぇ⁉　マジっスか⁉」

黒子の発言に、黄瀬がバーから身を乗り出す。

「中級モードで高得点だと、お菓子セットですけど、最高得点をマークすると、景品は別になっちゃうんです」

「オ、オレの努力って……」

黄瀬はぐったりとバーにもたれかかった。しかし、もらえるものはもらってこようと、立ち上がり、景品引き換えコーナーへと向かう。

それを待つはずもなく、紫原はさっそく、まいう棒にありついた。

「おお……おおっ！」

紫原の目が、今日はじめて輝く。

「これ、イケる……」

ぽりぽりぽりぽり。紫原は夢中になってまいう棒をたいらげた。そして次のお菓子へと手を伸ばす。

「ムッ君、なにか飲まないと、喉詰《のど》まらせるよ？」

桃井が心配して言うと、紫原は「そうかも……。自販機探してくる」とその場を離れた。

「ほんとムッ君てば、お菓子に目がないんだから……」

紫原が角を曲がり、見えなくなってはじめて、桃井は一つの重要なことに気づいた。

今までは四人一緒だった。それが二人いなくなったので、必然的に今は——

二人きりっ⁉

ドキッと桃井の胸が高鳴る。

場所は不本意ながら来てしまったゲーセン。だが、中学生のデートスポットとしては、珍《めずら》しくない場所である。

そう、デート、なのだ。この状況はある意味それに近い。

そして、二人きりになった今、これは完全にデートと言っても差し支えはないぐらいにはいい感じなのかもしれなくもなくなくない？　と、乙女《おとめ》的な心が発言すれば、でもでも、まだ恋と決まったわけじゃないし……と、理性的な心が反論する。そんな脳内葛藤《かっとう》を繰り返していると、ふいに状況分析を得意とする理性的な自分が、《あのこと》を思い出させた。

桃井は、別のゲームをしげしげと見ている黒子に話しかけた。

「テツ君、ゲームして、大丈夫なの？」

「大丈夫って、なにがですか？」

黒子が不思議そうに桃井を見返した。桃井は気になっていたことを聞いてしまおうと、口を開く。

「だって、テツ君の……」

「ハイ、おみやげー」

桃井と黒子の間に、蛍光《けいこう》カラーのペットボトルが突然現れた。

「お菓子取ってくれたお礼。黒ちんにおごるよ」

自動販売機で飲み物を買ってきた紫原が、二人の間に差し出したのだ。

「ありがとうございます」

黒子は素直にペットボトルを受け取る。

「あれ、桃ちんも欲しかった？」

せっかくの二人のいいところを、邪魔したとは知らない紫原は無邪気に尋ねる。

「ううん、別に大丈夫だよ」

桃井は出鼻《でばな》をくじかれ、なんとなく聞きづらくなってしまったのを、笑って誤魔化《ごまか》す。

それに、今はもっと気になることがあった。

「ムッ君の買ってきたそれ、すごい色してるね……」

「そぉ？　オレはこのシリーズ好きなんだけど」

紫原は間延《まの》びした声を出し、手に持っていたペットボトルを掲《かか》げて見せる。黒子に渡したものと同じ蛍光カラーのペットボトルには、《夏色ラムネサンシャイン》と書かれたラベルが巻かれている。ラムネなのに、液体の色は蛍光の赤だ。

「味が全く想像できないんだけど……」

桃井は少し顔を引きつらせて、ペットボトルを見つめた。正直なところ、健康的な飲み物とは思えない。

テツ君、それ飲んで大丈夫かな、と思って、視線を向ければ、黒子はちょうど一口飲んだところらしく、恐ろしげにじっとペットボトルを凝視していた。

「テ、テツ君？　大丈夫？」

このままテツ君が倒れたらどうしよう、と最悪の状況を思い浮かべながらも、恐る恐る桃井が尋ねると、黒子はこくりとうなずく。

「これ、けっこう美味《おい》しいです」

「えっ⁉」

予想外の答えだった。そして続くセリフも予想外だった。

「よかったら、ボクの少し飲みます？」

「え？」

黒子が桃井に飲みかけのペットボトルを差し出す。

「ボクが先に少し飲んじゃいましたけど、よければ……」

桃井は驚きに目を丸くし、ペットボトルと黒子をぱっぱっぱっと見比べた。

これってまさか……と、桃井の頬がぽわっと朱に染まる。

間接キスってこと……⁉

心の中では、どうしようどうしようどうしよういいの⁉　と大騒ぎを起こしていたが、心に反して体は、ペットボトルに手を伸ばし、「ありがとう」と言って、受け取っていた。

桃井の手に、黒子のペットボトルがおさまる。

いいのかないいのかなでもここで飲まないとヘンだよね？　と、誰にするでもない言い訳をして、桃井はそーっと、ペットボトルに口を近づける。

だが、しかし。

「お、いいの持ってんじゃん」

コピーから戻ってきた青峰が、桃井が今まさに飲もうとしていたペットボトルを横からかっさらい、ぐい〜〜〜〜っと飲んでしまった。

一瞬にして手の中から消えたペットボトルに、桃井はなにが起きたのかわからず、呆然《ぼうぜん》とする。

「青峰君、それボクのです」

「え、なにこれ、テツのかよ。飲んじまった。なんか、おもしろい味だな、これ」

呆れる黒子に、青峰が飲み終えたペットボトルをひょいとひっくり返してみせた。

ペットボトルの口からは、滴《しずく》が一滴も落ちない。空《から》だった。

青峰が申し訳程度に頭をかく。

「さつきが持ってるから、てっきりこいつのかと思って……ん、さつき？」

青峰はようやく桃井の様子がおかしいことに気づいた。

桃井はぷ――っと頬を膨らませ、うるうると目に涙をためて青峰をにらみあげていたのだ。二人の目が合った瞬間、桃井の中で堪忍袋《かんにんぶくろ》の緒《お》がぷつっと切れた。

「青峰君のばかっ！　あほんだらっ、ガングロクロスケ!!」

「は!?　ガ、ガングロクロスケ!?」

「もぉ、知らない！」

突然怒り出した桃井に、青峰は戸《と》惑《まど》うばかりだ。

「な、なんだよ。そんなに喉渇《かわ》いてたのか？　だったら、オレがおごってやるから」

「もぉ、いいもん！」

そう言うと、桃井はぱっと身をひるがえして歩き出した。

「ちょ、お、おい！　さつきっ⁉」

青峰が慌てて声をかけるが、桃井は振り返りもせずにずんずんと歩き、角を曲がって通路へと入る。

「ちょっとだけだけど、期待してたのにっ」

桃井は怒りに身を任せ、廊下にある自動販売機へと来た。他に人がいないのは、先に進んでも非常階段しかないためだろう。

桃井は自動販売機でアイスティーを購入する。これまた怒りに身を任せて、ぐいぃぃぃぃぃっと半分ほど一気《いっき》に飲み干した。

「ほんとに青峰君ってば、デリカシーがないんだからっ」

「なにー、彼氏とケンカしたのー？」

背後からの突然の声に、桃井は振り向いた。

目の前には、いつの間にか高校生らしき男が二人立っていた。学生服のズボンを腰ではき、学ランの前はだらしなくボタンを全部外している。

二人のうち、ロン毛の男が、やけに馴《な》れ馴《な》れしい笑顔を桃井に向けた。

「彼氏とケンカして、やけ飲み？　キミみたいなかわいい子を困らせるなんて、嫌な彼氏ちゃんだよねぇ」

「……なんですか」

桃井は警戒《けいかい》の眼差《まなざ》しで高校生たちを見つめた。それまで青峰に対して怒っていた感情が一気《いっき》に冷め、眼前《がんぜん》の状況が最優先の思考に切り替わる。こういうふうに声をかけてくるタイプには、ろくな人間がいないことを、桃井は経験から知っていた。

ロン毛の隣に立っていた、鼻にピアスをした男がさりげなく廊下の奥へとまわる。これで桃井は、フロアに戻る道も、非常階段に進む道も閉ざされてしまった。

「なんだったらさぁ、オレたちが憂《う》さ晴らしにつきあうよぉ。これからカラオケとか、一緒に行かない？　もち、オレたちがおごるからさぁ」

ロン毛が桃井の腕をつかんだ。

なに勝手に触ってんのよ！

体の奥で、熱い怒りの感情がわき上がる。だが、ここで、怒りに任せた言動をとれば、相手はその反応をおもしろがるだけだ。桃井は素早くロン毛男の手をふりほどき、冷たく言い放った。

THE BASKETBALL WHICH KUROKO PLAYS.

「やめてください。私、連れがいるんで帰ります」

「まぁまぁ、そう言わないでさ。その制服、帝光中のだよね？　中学生なのに、キミかわいいねぇ〜」

鼻ピアスの男が、桃井の肩を抱くように腕を回してくる。

桃井は逃げるように身を引く。だが、背中に自動販売機が当たり、逃げ切れない。

いやっ！

桃井は身を小さくした。

しかし警戒した男の腕は、桃井の肩に触らなかった。

「桃井さんのお知り合い……では、ないですよね？」

鼻ピアスの手が、誰かの手につかまれていた。

「だ、誰だ、てめぇ！」

鼻ピアスがぎょっとして振り向く。立っていたのは——

「テツ君！」

桃井がほっとした声で、その名を呼んだ。

いつからそこにいたのか、鼻ピアスのうしろに立った黒子は、つかんでいた男の手をぱっと放す。

「てめぇ、いつから……」

鼻ピアスがつかまれていた手首をなでながら、まるでお化けでも見るような顔で黒子を見つめた。無理もない。なにしろ真うしろに立たれたのに、全く気配がなかったのだから。

と、次の瞬間。

「おわっ」

焦《あせ》った声をあげて、今度はロン毛男が膝《ひざ》から崩《くず》れ落ちた。

ロン毛男がしゃがんでくれたおかげで開けた空間には、青峰が不機嫌な顔で立っていた。

「なにやってんだよ、さつき」

「青峰君！」

桃井は、今度は驚きの声でその名を呼んだ。

「ジュース買うなら、オレがおごるって言ったろ」

「てめっ、いきなりなにしやがるっ！」

ロン毛ががばっと立ち上がり、青峰をにらみつける。

「なにって……膝かっくんだろ」

「膝かっくんって、いきなりしやがって、てめっ、舐《な》めてんのか!?」

「別に舐めてねーよ。単にそいつを見に来たら、あんたが邪魔だったから、ちょっとしゃがんでもらったんだよ」

「なんだとっ！　このやろっ！」

ロン毛が青峰の襟元《えりもと》をつかみ、締め上げる。それを見て我に返ったのか、鼻ピアスも黒子にさっと手を伸ばした。

「中坊がいきがってんじゃねーぞ、おらっ！」

黒子はすっと身を引く。つられて、鼻ピアスも一歩、前に進み出たのだが、

「ん？」

鼻ピアスは、自分の意志に反して、それ以上進むことができなかった。それどころか、頭に違和感《いわかん》を覚える。なんだ？　と、鼻ピアスは上を見ようと首に力を入れる。しかし、どんなに力を入れても、首は微動《びどう》だにしなかった。そこで彼はようやく、自分がなにものかに、頭を押さえられていることに気づく。

「三人して、なにやってんのー？　誰これ、知り合い？」

やけに間延びした声が、鼻ピアスの頭上から聞こえた。

「な、な、な……!?」

驚きのあまり、言葉にならない声を発したのは、振り返ったロン毛だ。

それもそのはずで、鼻ピアスの頭をまるでボールのようにつかんでいるのは、二メート

ルを超える大男、紫原であった。

「ちょ、てめ、放せっ！」

鼻ピアスが紫原の手をつかみ、必死に外そうとするが、紫原の手はまったく動かない。しかも、鼻ピアスからは紫原の姿は完全に死角なのだ。見えない恐怖が、鼻ピアスの背筋《せすじ》を這《は》い上がる。

「た、頼むっ、放してくれ！」

「えー、どうしよっかなー」

紫原があくび混じりに言った。

「ひねりつぶせよ、紫原」

青峰が横目で紫原を見て、悪戯《いたずら》する悪ガキのように、にやりと笑う。

その笑みがあまりにも板についていて、青峰をつかんでいたロン毛は思わず手を放した。

「ん――……じゃあ、ひねりつぶそうか」

紫原が半眼《はんがん》で、鼻ピアスを見下ろす。子供のような口調のため、紫原が本気なのか冗談なのか読めない。

「や、やめっ！」

鼻ピアスが悲鳴をあげる。慌てて、ロン毛が鼻ピアスを助けようと、彼の手を脇から引っ張った。そのとき――

「…………やっぱ、やーめた」

紫原は、ぱっと手を開く。すると、拘束《こうそく》を解かれた鼻ピアスは、ロン毛に引っ張られ、思いっきりバランスを崩し、どたどたっと倒れた。

「いってて――――っ」

「おい、行くぞっ」

「く、くそっ、おぼえてろよっ！」

高校生たちはすぐに起き上がり、捨てゼリフを吐《は》いて、慌《あわ》ただしく非常口へと消えていった。

「なんなの、あれ？」

と、状況がイマイチよくわかっていない紫原は、頭をぽりぽりとかく。

桃井は詰めていた空気を全部吐き出すような、深いため息をついた。

「……よかった……」

「全然よくねーだろ、なにやってんだよ」

青峰が呆れ顔で桃井の額をこづいた。

「だ、だって！」

桃井もつい反論する。だが、途中で思い直し、「ごめんなさい」と謝った。

スキを見て逃げるか、大声を出そうとは思ってはいたが、黒子たちが来なければこんな簡単には解放されなかっただろう。それに、心配して迎えに来てくれたことは、素直に嬉しかった。なにより、黒子が最初に助けてくれたことが。

「助けてくれて、ありがと」

「怪我《けが》がなくてよかったですね」

黒子はにこりと笑って言ったが、

「別に助けたわけじゃねーよ。あいつらが勝手につっかかってきただけだし」

青峰はそう言うと、くるりと体を反転させて歩き出す。

「ムッ君も、ありがとね」

桃井が礼を言うと、紫原はへらっと笑った。

「ん、なにが？」

桃井たちがゲーセンに戻ると、緑間と黄瀬が待っていた。黄瀬はいつの間に撮ったのか、大量の写真シールを緑間に見せている。

驚く桃井に、黄瀬は苦笑して言った。

「D・D・Rの景品をもらいに行ったら、雑誌でオレを見たっていう女の子たちに声をかけられちゃって。んで、撮らないかって誘われたんスよ。まぁ、これもサービスかなぁって思って一緒に写ったら、今度は別の女子集団に誘われちゃって。そんなこんなでいっぱい撮ったんで、緑間っちに見せてたところっス」

「ごちゃごちゃしていて、誰が誰だかさっぱりわからないのだよ」

緑間が率直《そっちょく》な感想を述《の》べた。

「女子って画面をスタンプとかでいっぱいにするのが、スキなんスよ。ね、桃っち」

「うん、だってそのほうがかわいいじゃない？」

黄瀬の写真シールを桃井は一枚一枚丁寧に見つめる。数枚目で、桃井の手が止まった。

「きーちゃん、この背景って珍しいよね。バスケットゴールがあるよ」

「ああ、それね。変わってるっスよね。普通は南国とかが背景なのに……。あ、そうだ。せっかくだし、みんなで撮らないスか？」

「えっ⁉」

「はぁ？」

「えー………」

「なにを考えているのだよ」

「黄瀬君、すごいですね」

予想外の提案に、全員が反応する。

「いやー、だってこうやってのんびりするのって珍しいじゃないスか。それにこの中には、撮ったことない人いるんじゃないスか？」

「ボクは撮ったことありません」

素直に黒子が認めた。

「そうなの？　じゃあ、撮ろうよ！」

俄然《がぜん》、桃井がノリ気になる。

考えてみれば、黒子と一緒に写真を撮るなど、滅多にないことだ。全員一緒になってはしまうが、このチャンスを逃す手はない。

「オレはいいよ、そういうの」

「いいじゃないスか、たまには撮りましょうよ。女子の桃っちがいないと、こういう体験はできないスっよ」

黄瀬がしきりに勧《すす》めるが、青峰は「めんどくせぇ」と言って、取り合わない。

そこで桃井は奥の手を出した。

「青峰君、私のノートコピーしたじゃない。これぐらいつきあってよ」

「はぁ!?　そりゃそうだけどよー……。ああ、もうわかったよ！　一緒に写ればいいんだろっ写れば！」

奥の手作戦は成功し、青峰は白旗《しろはた》をあげた。

「そういうことなら、オレも写らないわけにはいかないのだよ」

緑間はさりげなく前髪を整えた。

「えー、みんな撮るのぉ？　じゃあ、オレも入ろうかな……」

最後に紫原が参加を決め、一行は写真シール機へと移動した。

最新型とは言えないが、それなりに新しい個室に、背の高い男ばかりの一行が入ると、あっという間に高密度になってしまった。

「狭い……女子はよくこんなとこに籠《こ》もってられるよな……」

青峰はげんなりとした様子で、後方の段差に座り込む。

「なるほど、背景というのは垂《た》れ幕《まく》に描いてあるのか」

緑間は興味深そうに周囲を観察した。

「…………」

紫原は特に感想も関心もないようで、黙々とお菓子をほおばっている。

「よし、できたっ！　撮るよ～！」

タッチパネルを操作していた桃井が、カメラの準備ができたと皆に知らせる。

「はい、みんな、笑って～」

桃井の声のあとに、すぐにぱしゃっとシャッターの合成音が個室に響いた。

前方の画面に、撮った写真が表示される。

「これ、ひどすぎっスよ！」

画面を確認した黄瀬が、呆れた声をあげた。

「なんで、青峰っち、真横見てるんスか⁉」

「だってそのほうが、おもしろそうじゃねぇか」

青峰は至極《しごく》真面目な顔で答えた。桃井は、うしろにいる緑間に振り向いた。

「ミドリンも、写真なんだから笑ってよ！」

「オレは写真といえば、こういう顔しかできないのだよ」

「でもこれじゃ、証明写真みたいな顔じゃない。それにムッ君も、なんで顔をお菓子の袋で隠しちゃうの？」

「ん――、お菓子と一緒に写りたかったから」

「だったら、普通に胸のあたりに掲げたりすればいいじゃないっスか！」

「とりあえず、もう一回撮るからね！」

桃井がタッチパネルを操作し、再度撮影モードを設定した。

「はい、笑って～」

桃井の号令の後、シャッター音が響いた。

「……ま、まあ、今回はまだいいっスかね」

画面に表示された撮影画像を見て、黄瀬が桃井に意見を求める。

前回との変更点は、青峰が申し訳程度に前を向いたことと、紫原が顔の横にお菓子の袋を掲げたことだ。

桃井もじっと画面を見て、

「うん……まぁ、こんな感じかな？」

と苦笑いをしながら、決定ボタンを押そうと手を伸ばす。

「ちょっと待つのだよ」

桃井の手が、緑間の声で止まった。

「どうしたの、ミドリン。もう一回撮る？」

緑間は、画面を指さすと言った。

「なにか、大事なことを忘れていないか？」

「大事なこと？」

桃井と黄瀬は改めて、画面をじっくりと見つめる。

前列には明るい笑顔の黄瀬と桃井。後列には、緑間、青峰、紫原が並んでいる。

「ミドリン、みんなでポーズとか取りたいの？」

「そういうことではないのだよっ！　わからないのか？　黒子がいないのだよ」

「あっ!!」

黄瀬と桃井が画面を見ながら叫んだ。

「黒子っち!?」

黄瀬が慌てて個室のカーテンを開くが、外には誰もいない。

「ボクなら、こっちです」

「えぇ!?」

声は、紫原の背後から聞こえた。

「あれ？」

紫原が少し体を移動させると、彼のうしろから黒子が姿を見せた。

「黒子っち！　なんでそこに!?」

「ボクの前に紫原君が座ってしまったんです」

「あら、あららぁ。そうだったの？」

大して悪びれた様子もなく、紫原が言った。

「確かに、よーく見ると、黒子の肩っぽいのが写ってんな」

青峰が画面に目をこらして、黒子の姿を見つける。

「テツ君、前！　前に並んで！」

桃井が黒子を黄瀬と自分の間に呼んだ。さりげなく隣同士になれるポジションだ。

「そうっスよ！　前列で目立ったほうがいいっス！」

黄瀬の後押しに、桃井は心の中で、グッジョブと叫ぶ。

「あ、そだ。ついでにこんなの持ったら、目立っていいかも！　オレが取った景品っス」

そう言って黄瀬が鞄《かばん》から取り出したのは、招き猫の貯金箱だった。

黒子が招き猫を抱く姿を見て、グッジョブ！　と、桃井は再度心の中で叫ぶ。

桃井はうきうきしながら、パネルを操作した。

「じゃあ、撮るよ～、いい？」

「待つのだよっっ!!」

だが、またも緑間の制止の声が室内に響いた。

緑間はひどく真剣な顔で、黒子を見つめて、言った。

「黒子……おまえの持っているソレはなんだ!?」

「ニャン太郎《たろう》のことですか？」

「ニャン太郎⁉」

「今、名付けました。この招き猫のことです」

黒子は「見ますか？」と、招き猫を差し出した。

ニャン太郎こと、招き猫を手に取った緑間は、上下斜めと様々な角度から眺《なが》めた。

それこそ穴が空《あ》くのではないかというほどたっぷり鑑賞すると、緑間は言った。

「黒子、これをオレによこすのだよ‼」

「あ、はい」

「ええ⁉」

黄瀬と桃井が思わず立ち上がる。

「ミドリン、どうしたのっ⁉　ネコグッズとか、集めてたっけ⁉」

「第一、それはオレのっス！　第二に、ニャンコとか、緑間っちに絶対似合わないっスよ！」

「さりげなく失礼なことを言うな、黄瀬」

緑間が眼光鋭くにらむ。

「オレにネコグッズ収集の趣味はない。ただ、その招き猫は特別なのだよ」

「もしかして、今日のラッキーアイテムですか？」

黒子が尋ねると、緑間は「そうだ」とうなずいた。

「今朝のおは朝占《あさうらな》いで、蟹座《かにざ》のラッキーアイテムが『招き猫』だったのだよ。家中探したが、生憎《あいにく》と招き猫は切らしていて、仕方なく今日はラッキーアイテムを諦めていたのだよ」

「そう言えば、今日は緑間っち、なんも持ってなかったスね」

黄瀬は握った右手を顎《あご》につけ、記憶を辿《たど》る。

「テツ君も、よくミドリンがラッキーアイテム持ってなかったたって気づいたよね」

桃井が感心したように言うと、黒子はあっさりと言った。

「人間観察が趣味ですから」

ラッキーアイテムなら仕方ない、ということで、黄瀬は緑間にニャン太郎を譲《ゆず》った。ようやくラッキーアイテムを手にした緑間は、水を得た魚のようにイキイキとしていた。

「今日帰ったら、骨董品《こっとうひん》屋さんに行かなくてはと思っていたが、こんなところで手に入るとは……!!」

「よかったね、ミドリン」

「んじゃ、さっそく記念写真を！」

黄瀬が素早くタッチパネルを操作した。

ていこーバスケ!!

ぱしゃりとシャッター音が響き、すぐに画面に写真が映し出される。

緑間は照れ隠しか、今回はヨコを向いてしまったが、心なしか嬉しさが顔に表れているように、桃井には見えた。

六

出来上がった写真シールを見ながら、桃井と黒子は二人きりで帰路《きろ》についていた。

他の四人とは、ゲーセンで別れていた。

「コピーもすんだし、オレは帰るわ」と青峰が言いだし、緑間も「オレも帰って勉強しなくてはいけないのだよ」と続け、紫原は「じゃあ、バイバーイ」とさっさと帰った。唯一《ゆいいつ》、黄瀬だけは「なんかまた、女の子たちに一緒に撮ってほしいって言われちゃって……」とゲーセンに残ることになり、結局のところ、その場で解散となったのだ。

桃井にとって、待ちに待った二人だけの帰宅。

しかし、いざそういう状況になると、いったい何を話せばいいのか、わからなくなるのが世の常《つね》。もちろん桃井もその一人だ。

ここはひとまず当たり障《さわ》りのない会話を、と桃井は思うのだが、それさえも思い浮かばない。

うんうんと頭を悩ませているうちに、どんどん黒子の家が近くなってきた。このままでは、なんの会話もないまま、お別れになってしまう。

せっかく一緒に歩いているというのに、あっさり別れては寂しいような勿体《もったい》ないような気がした。

でも、どうして赤司君は、私にテツ君と一緒に帰るよう、言ったのかな。

胸中にそもそもの疑問が湧いた。

紫原から伝言をもらったときは、つい慌ててしまい、深く考えなかったが、何でもお見通しの赤司とはいえ、桃井の恋心を試すために、黒子と帰れとは言わない。

しかも、何故《なぜ》寄り道をせずに、と強調したのだろうか。

つらつらと考えながら、桃井は歩いていたが、ふと足を止めた。

右を見て、左を見て、再度右を見て、確信する。

「テツ君がいない……！」

いつ一人になったのか、全く気づかなかった。さすがはテツ君……と思うと同時に、いったいどこで別れてしまったのだろう、と来た道を戻り始める。

赤司の真意はわからない。でも、一緒に帰れという言葉には、きっとなんらかの意味がある。だから、今日だけは、絶対に一緒にいなくてはいけない。

いったい、どこへ？　桃井は走りながら、黒子が行きそうな場所を頭に思い浮かべようと頭を巡らせた途端《とたん》、答えは出てしまった。

黒子が行くところなど、一つしかない。

桃井は確信を持って、目的地へと急いだ。

彼女がやって来たのは、黒子を見失ったことに気づいた場所からすぐ近くの公園であった。わりと広い公園で、中にはアスレチック施設や、休憩所《きゅうけいじょ》などもある。

夕暮れの公園を、桃井はどんな気配も見落とさないように注意深く小走りで進んだ。そしてようやく、目的の人物を見つけた。

「テツ君！」

「あれ、桃井さん？」

名前を呼ばれて振り返った黒子は、驚きの表情を浮かべ、走ってくる桃井を見つめた。

「よく、ここがわかりましたね」

急にいなくなったことに多少は罪悪感があるのか、黒子はぽりぽりと頬をかいた。

「わかるよっ！　だって、この公園にはコートがあるもん」

桃井は黒子の前で足を止め、ふうと息をついた。

黒子がどこにいるかと考えたとき、すぐさま思い浮かんだのは、バスケに関《かか》わる場所にいる、ということだった。

それを前提に付近の状況を考えると、間違いなくこの公園、小さなバスケットコートを有するここにいると思ったのだ。

「もぉ、勝手に消えたら驚くじゃない」

桃井の責める口調に、黒子は素直に「すみません」と頭を下げた。

「ここに行きたいって言ったら、きっと反対されると思ったので」

「理由を聞かないと、反対もできないよ」

なんとなく理由は察《さつ》しているのだが、桃井はあえて尋ねた。

「理由ですか……」

黒子は言おうか言うまいか少し迷うように、視線を落とす。やがて、ちらりと振り向き、十メートルほど先を見た。そこにはバスケのコートがある。

黒子は顔を戻すと、伺《うかが》いを立てるように桃井を見つめた。

「ちょっとバスケをしたくて……」

「ダメ」

桃井は即答する。

「どうしてもダメですか？」

「ダメ」

再度即答した桃井は、腰に両手を当てると言った。

「テツ君、今日どうして赤司君が練習を見学するよう言ったか、本当はちゃんとわかってるんでしょ？」

桃井の言葉に黒子の肩がぴくりと反応した。そのとき——

ガシャンッ
子供たちは帰宅し、いるのは桃井と黒子だけかと思われた公園に、奇妙な金属音が響いた。

反射的に顔を音源に向けると、それは黒子の後方にあるバスケットコートからのようだった。

となれば、今の音はコートを囲むフェンスに、なにかがぶつかった音かな、と推測《すいそく》する桃井の耳に、どこかで聞いたような声が聞こえた。

「だからぁ、ちょっとだけ貸せって、つってんじゃん」

声はコートの中からだ。

どことなく、嫌なことを思い起こさせる声だ。しかも言っている内容も、あまり好意的に解釈できない。

桃井が躊躇《ちゅうちょ》していると、黒子がすたすたとバスケットコートに向かって、歩き出した。

「え、テツ君⁉」

慌てて桃井も後に続く。

フェンスの中が見えるところまで近づくと、案の定、中には見るからにガラの悪い高校生たちが五人、立っていた。しかもその内の二人は、見覚えがある。

ゲーセンで絡《から》んできたロン毛と鼻ピアスだ。

だが、見覚えのある人物はそれだけではなかった。フェンスを背にして、彼らに取り囲まれるようにして立っている、小柄な中学生も見たことがある。

「あの子……」

桃井は息を詰める。記憶を辿ってみても、間違いない。彼は、帝光中バスケ部一年の生徒だった。

二軍に所属しているため、桃井はほとんど会話したことはないが、顔だけはちゃんと覚えている。

その彼が、高校生たちに怯《おび》えつつも、なにかを必死に訴えていた。

「あの、か、返してください。それ、大事なボールで……」

一年生は、ロン毛が持つバスケットボールに手を伸ばす。だが、ロン毛はひょいと頭上にボールを持ち上げてしまい、小柄な一年生にはどうしようが、届かない。

高校生たちの顔が嘲笑《ちょうしょう》に歪んだ。

「だからさぁ、オレたちが飽きたら返すって。オレたち、バスケの特待生だったから、久しぶりにバスケしたくなっちゃったんだよー、わかる？」

つまりそれって、今はバスケしてないって言ってるようなもんじゃないっ！

桃井は、見せつけるように指の上でボールを回すロン毛をにらんだ。

今すぐコートの中に入って、一言文句を言ってやりたいのだが、相手は五人。あまりにも分《ぶ》が悪すぎる。単身で入っていくのは危険すぎた。

「やめてください。そのボールは彼のです」

そうそう、そう言ってやりたいのよ……って、あれ!?　と、桃井は目を疑う。

コートの中には、いつの間にか黒子が立っていた。

「バスケをしたいなら、自分たちでボールを用意すべきです。彼にボールを返してください」

「テ、テツ君!?」

声を発してから、桃井ははっとなって口を押さえた。だが、もう遅い。

「おまえらは、さっきの……！」

ロン毛と鼻ピアスが黒子と自分を見つけてしまった。

鼻ピアスが忌々《いまいま》しげに、ぺっと噛《か》んでいたガムを吐き捨てる。その行為に、黒子の頬がぴくりと反応したのを、桃井は見逃さない。どうやら、火に油を注いだようだ。

「ここはバスケをする場所です。ガムはゴミ箱に捨ててください」

淡々《たんたん》と言う黒子に、高校生たちは吹き出した。

「マジ、聞いた？　ガムはゴミ箱にだってよっ！　すげー、おもしろすぎっ」

「そんなに気になるなら、てめぇが拾えって。なぁ？」

「それとも、あれか？　おまえもバスケやってんの？　もしかしてここは大事な場所だーとか、熱血しちゃってるわけ？　マジ、ウケる！」

「どこがおかしいのよ！」

高校生たちの野次《やじ》を制する声と共に、桃井もコートの中に入っていた。あんまりな言い分に、近づいては危険だということが、頭から抜け落ちていた。

「バスケが好きなら、コートを大事にするのは普通でしょ！」

桃井の剣幕《けんまく》に、高校生たちからぴゅーっと口笛が漏《も》れる。

「へぇ、ほんとだ。中学生って思えないぐらい、かわいいじゃん」

「帝光中の女子はレベル高いって噂、ほんとなんだな」

「あんな上等なの残して、ほいほい逃げるなんて、おまえらバカかよ」

桃井の話などどこ吹く風で、高校生たちはロン毛と鼻ピアスをこづいた。

その余裕の態度が、冷静に戻りつつある桃井の心に、じわりと恐怖を紛れ込ませる。

「ちょっと、聞いてるの⁉　ボールを返してよっ！」

じわじわと浸食《しんしょく》してくる恐怖を振り払うように桃井は声を大きくしたが、相手の反応は変わらなかった。五人のうち、髪を茶色に染めた男がニヤニヤと笑い、言った。

「じゃあさぁ、こうしようよ。これからキミたちの大好きなバスケをしよう。キミたちが勝ったら、ボールは返すし、このコートから出て行く。でも、オレたちが勝ったら、ボールも、キミもオレたちのもの。ＯＫ？」

茶髪《ちゃぱつ》の男は、「キミ」というところで、ぴたりと桃井を指さした。

「なっ、なによそれ！」

桃井は怒りと悔しさで視界が赤くなりそうだった。

茶髪たちは、仮にもスポーツ推薦《すいせん》をとるような経験者だ。それにひきかえ、こちらはバスケをはじめたばかりの初心者と、独特すぎる能力の持ち主と、ただのマネージャーなのだ。そんな内訳《うちわけ》を知らなくても、どちらに分《ぶ》があるかはひと目見ただけで明白だった。

明らかに勝利が確定したようなゲームをふっかけてきている。しかも、まるで自分を賞品のように扱《あつか》って。

なにか言い返したくて、でも悔しさから言葉がうまく出てこない桃井に代わって、黒子が口を開いた。

「わかりました、試合をしましょう」

「テツ君⁉」

予想外な黒子の言葉に、桃井は耳を疑った。

さらに言いかける桃井を制して、黒子は続けた。

「その代わり、ボクたちが勝ったら、桃井さんに謝ってください」

黒子は凛《りん》とした声で言い放った。その姿に、桃井は目を見張り、呼吸さえも忘れる。

しかし今は見とれている場合ではないと、本能が桃井を我に返らせた。

彼女は、コートの端《はし》へとことこ歩く黒子を追いかけて訴えた。

「テツ君！　ダメだよ、試合なんて、絶対ダメ！」

コートの端で、黒子は上着を脱ぎながら言う。

「でも、桃井さんのことをあんなふうに言われて、黙っていられません」

「そ、それでも！」

一瞬、黒子の言葉が嬉しくて、詰まってしまったが、桃井はずっと気になっていたことを口にした。

「テツ君の怪我のほうが、私は心配なの！　テツ君、右手を捻挫《ねんざ》してるでしょ？」

「…………」

黒子の動きがぴたりと止まった。

桃井は心配そうに彼の右手首を見つめた。

「隠したってダメだよ。見ればわかるもん。右手にテーピングした跡《あと》が残ってるし。それに、今日のテツ君、ボール持つとき、普通っぽくしてたけど、さりげなく右手に負担がからないように庇《かば》ってたでしょ？　気づかないはずないよ」

「……まさか気づかれてるとは思いませんでした。赤司君には、テーピングを外しているところを見られたので、仕方ないと思ってたんですけど」

聞けば、黒子の捻挫は体育の授業中にしてしまったものらしい。大したことないと思ったので、練習に参加しようとしたところ、赤司に見つけられてしまった。

だから赤司は、黒子の怪我が酷《ひど》くならないよう、練習を見学するように言い、さらに彼は黒子の性格から先を読み、黒子が勝手にバスケをしないように「寄り道をさせるな」と、桃井に指示を出した。

赤司の意図を理解した以上、桃井は黒子に試合をさせるわけにはいかなかった。ここで試合をして、さらに悪化させてしまったら、赤司が自分に頼んだ意味がなくなってしまう。

「テツ君……」

桃井がその名を呼ぶと、黒子は「すみません、桃井さん……」と言って、まっすぐに彼女を見つめた。

「それでも、あの人たちはヒドイと思います。桃井さんをモノみたいに扱って……仲間を侮辱《ぶじょく》されて、黙ってなんかいられません」

黒子は桃井を安心させるように、静かに笑みを浮かべた。

「絶対、負けませんよ」

優しく静かな瞳の奥に、揺るがない信念があった。

……そんなこと言われたら、ダメだなんて言えないよ。

桃井は黒子を信じ、静かに「うん」とうなずいた。

可能性を否定しちゃダメだ。桃井は心の中で念じた。だが、コートに並ぶと、その可能性がいかに小さいかを思い知らされた。

三人の対面に、五人の高校生が並んだ。

「ちょっと！　スリー・オン・スリーじゃないの!?」

「あれ〜？　誰がそんなこと言ったっけ？」

桃井の指摘《してき》に、ロン毛が涼しい顔で答えた。

そこで桃井は気づく。

彼らは単純に勝利を手にしたいわけではない。この試合を利用して、自分たちで遊ぶのが目的なのだ、と。

「さぁ、はじめようか」

茶髪がうすく笑う。茶髪だけではない。高校生たちはそろって、口元に笑みを、嘲笑を浮かべていた。

茶髪はバスケットボールを片手で持ち、上に放っては受け止めるを繰り返す。

「さて、誰がジャンプボールする？　身長的に、かわいこちゃんがやる感じ？」

茶髪はにこーっと馴れ馴れしい笑顔を桃井に向けた。その間も、ボールはぽーんぽーんと宙に躍《おど》る——はずだった。

「バーカ、さつきがやるかよ」

横から現れた手が、ボールをするりと奪い去った。

「なっ⁉」

茶髪が驚きの顔で、声の主に振り向いた。

オレンジ色の夕日を浴びて、奪ったボールを指先でくるくると回しているのは――

「青峰君⁉」

桃井が驚きと嬉しさの混ざった声で呼ぶ。

「おまえはさっきの！」

ロン毛が思い出したように青峰を指さす。

「ということは、まさか……」

鼻ピアスが慌てて周囲を見渡した。だが、そこには彼の頭をボールよろしくつかんだ巨《きょ》漢《かん》の男・紫原の姿はなかった。代わりに見つけたのは、青峰のうしろに立つ、片耳ピアスの優男《やさおとこ》と、インテリメガネの男。

青峰は、茶髪の男に言った。

「ずいぶん、おもしろそうなことしてんじゃねーか。オレたちも混ぜろよ。こっちは三人のままでいいからよ。オレと、こっちの片耳ピアスと陰険《いんけん》メガネの三人にメンバーチェンジだ」

「誰が陰険メガネなのだよ」

緑間がむっとした声で言い、

「青峰っち、オレたちのことそういうふうに見てたんスね……」

黄瀬が肩を落とした。

青峰は好戦的な眼差しで茶髪を見据《みす》えた。

「こっちの人数が少ないのはハンデにしてやるよ。オレの相棒《あいぼう》、コケにしたのは高くつくぜ?」

「ぷっ、ひゃはははははははっ！　すげーな、中坊！　いいぜ、おめーが、どんだけ調子こいてるか、教えてやるよ」

笑いを抑えきれなかった茶髪は、笑いすぎて息苦しい様子でどうにか言った。

「じゃあ、決まりだな」

と、青峰が言うと、すぐさまメンバーチェンジが行《おこな》われた。

「ほら、テツ。おまえも離れて見てろ」

どことなく離れがたい様子の黒子を青峰がうながす。

「……青峰君、ボクも入りたいのですが、ダメですか?」

「ダメだな」

青峰は即答した。

「おまえな、オレがなんでここに来たのかわかってんのか?」

「……桃井さんを迎えに来たんですよね?」

「ちげーよ。おまえの様子、見に来たんだよ」

「ボクの？」

黒子はきょとんとした顔で、青峰を見た。青峰は、続ける。

「おまえのことだからさ、赤司がダメだっつっても、ぜってーバスケをやりたがると思ってよ。だからたぶん、ここにいると思った。まさか、あんな奴《やつ》らとゲームしようとしてるなんて思わなかったけどな」

「スミマセン……」

「今の『スミマセン』はどっちに対してだ？　あいつらとのゲームか？　それとも怪我してんのに、バスケやろうとしたことか？」

「……前者と言ったら、怒りますか？」

「いっぺん死ねって、殴るな」

「……じゃあ、後者です」

「よし」

「でもやっぱり、ボクも試合に出してください」

「……おまえなぁ、ひとの話、聞いてたのか!?」

青峰が呆れ顔で、黒子の額をこづく。それでも黒子はこくりとうなずいた。

「もちろん、聞いていました。だから、右手は使いません。左手だけで戦います。みんなが一緒なら、左手一本で充分ですよ」

黒子の不敵《ふてき》な発言に、青峰が心底《しんそこ》楽しそうに笑った。

「んじゃ、軽くひねってやるか」

「はい」

青峰が突きだした右手の拳に、黒子の左手の拳がトンと合わさった。

七

試合展開は、一方的なものだった。

青峰の変幻自在《へんげんじざい》なプレー。緑間のロングシュート。相手の自信を奪う黄瀬のオフェンス。

そして、一瞬の隙《すき》も見逃さない、黒子のミスディレクション。

高校生チームは一本もシュートを決められず、ターンが代わりボールを持っても、ものの数秒で奪われるという有様《ありさま》で惨敗《ざんぱい》を喫《きっ》した。

圧倒的な力の差に、呆然《ぼうぜん》とする高校生たちを残し、桃井たちは公園を後にした。

黒子は、高校生たちを謝らせようとしたが、桃井は「あんなヤツらの顔、さっさと見えないところに行きたいよ」と、辞退《じたい》した。

ボールを取り返してもらった一年生は、後《のち》に「キセキの世代」と呼ばれることになる彼らのプレーを間近《まぢか》で見られたことにいたく感動した様子で、何度も何度も「ありがとうございました!」を繰り返し、帰って行った。

黒子を自宅まで送るべく、桃井たち五人はまたもぞろぞろと歩いた。

歩きながら、桃井は不思議に思っていたことを緑間と黄瀬に尋ねる。

「二人も、青峰君と同じで、テツ君の様子を見に来たの?」

「いや、オレは桃井に渡したいものがあったのだよ」

と言って、緑間は鞄から箱を取り出す。

その細長い箱には、《湯島天神《ゆしまてんじん》》と印刷されていた。

緑間は桃井に箱を差し出した。

「ノートをコピーさせてもらったお礼なのだよ。テスト対策最後の手段、特製『コロコロ鉛筆』だ」

「コロコロ鉛筆!?」

桃井は唖然《あぜん》としながらも、箱を受け取る。黄瀬が興味津々《しんしん》な様子で、彼女に渡された箱を見つめた。

「特製ってことは、緑間っちが作ったんスか⁉」

「人事を尽くすとは、そういうことなのだよ」

フッと誇らしげに笑う緑間に、黄瀬は顔の前で手をぱたぱたと横に振る。

「いや、そんなかっこつけて言っても、全然かっこよくないっスから」

「あ、三本も入ってる。テツ君、一本あげるね」

箱の中身を確認した桃井が黒子に言った。

「え、いいんですか？」

「うん」

桃井はにこっと黒子に笑いかけた。

「テツ君、手首捻挫してて、テスト勉強大変でしょ？　だから、応援グッズ」

「では、頂《いただ》きます」

桃井が差し出した鉛筆を黒子は受け取り、まじまじと見つめた。

応援、というのは半分本気で半分言い訳だった。

今日の記念になにかを贈りたい、というのが言い訳半分の内容だ。

一緒に帰ってみて、わかったことがある。

やっぱり、テツ君ってかっこいい！

桃井はもう迷わず、そう思った。

仲間のプライドを守るため、無謀《むぼう》とも思える試合に身を投じる人など、そうはいない。

そして、そんなことを自分のためにしてくれる人に恋をしないわけがない。

桃井の心は、動きはじめた恋心に満たされた。

緑間が黒子と青峰にコロコロ鉛筆のうんちくを聞かせはじめたので、桃井と黄瀬は彼らのうしろに並んで歩いた。

「それで、きーちゃんはどうしてあの公園に来たの？」

「知りたいっスか？」

黄瀬がにやっと笑った。

「教えてくれるなら、知りたいよ」

「じゃあ、教えるっスけど……桃っちもちゃんと答えてくださいね」

「うん？　答える？」

黄瀬は内緒話《ないしょ》をするように、桃井の耳に顔を寄せると、口元に手を当てて、ささやいた。

「黒子っちと二人きりで、なにか展開があるんじゃないかなーって思ったんスけど、どうでした？」

「えっ⁉」

桃井は驚きの眼差しで黄瀬を見つめる。

黄瀬は悪戯《いたずら》っぽく片目をつぶってみせた。

「いや、最初は桃っちは青峰っちとなのかなーって思ってたんスけど、黒子っちっぽい感じもしてたんで、どうなのかなーって」

まさか、黄瀬に見抜かれていたなんて……。桃井は目を丸くした。

ずっと迷っていたことなのに、意外と他人のほうがわかっているのかもしれない。

なんだか急におかしくなって、桃井はクスクスと笑った。

その様子に、黄瀬が口をとがらせる。

「えー、なんスか、その笑い。それでそれで？　オレは言ったんスから、桃っちも答えてくださいよー」

「えー、どうしよっかなぁ」

「あれ、そういうふうに言うってことは、なんかあったってことっスね」

黄瀬の鋭い推理が突く。

「ふふ、じゃあ特別。展開はあったよ」

桃井は笑顔で言った。

「え？　ええ――!?　マジっスか!?」

黄瀬が驚きの叫び声をあげた。それを聞きつけた青峰が、声をかける。

「おい、どうかしたのか？」

「いや、青峰っちだけには絶対言えないっス！」

「はぁ、なんだよそれ⁉」

「だってこれは……桃っち、言えないっスよね？」

桃井は笑顔でそれに応《こた》え、話をわざと変えるように言った。

「あーあ、赤司君は寄り道するなって、言ったのに、結局いっぱい寄り道しちゃった」

少し拗《す》ねたように言うと、黒子はバツが悪そうに頬をぽりぽりとかいた。

「じゃあ、ひとまず赤司君には今日のことは内緒ということで」

「そういう問題っスか⁉」

黄瀬がすかさず突っ込んだ。

「つーか、あいつはそういうの、見抜くだろ」

青峰が言うと、緑間も同意するようにうなずいた。

「まぁ、紫原は確実に赤司に言うと思うのだよ」

「えー、オレがどうしたの？」

「おわっ！」

突然、にゅっと顔を出した紫原に青峰たちが驚きの声をあげた。

「紫原君、帰ったんじゃなかったんですか？」

比較的驚きが軽傷だった黒子が尋ねる。

「んー、途中まで帰ったんだけど、やっぱり《ラー油トマト》味のまいう棒の味が忘れられなくて、探しちゃった。三軒日のコンビニで見つけたから、黒ちんにお裾《すそ》分《わ》けしようと思ってさー」

そう言うと、紫原はまいう棒が大量に入ったコンビニ袋を差し出した。

「ありがとうございます」

黒子は素直に、大量のお菓子を受け取った。

「ところで、紫原君。今日のことなんですけど、赤司君には内緒にしてもらえますか？」

「えー、なんで？」

紫原が、きょとんと首を傾げた。

「お菓子を取りにゲーセンに行ったとバレたら、怒られてしまいますから」

「そっかぁ、いいよ。オレも赤ちんに怒られるのイヤだしー」

紫原はあっさりと承諾《しょうだく》し、その手際《てぎわ》のよさに思わず桃井と黄瀬が黒子に拍手を送る。

「じゃあ、今日のことはここにいる六人の秘密ということで」

「そっか、秘密か……」

どこか甘美な響きに、桃井の顔はほころんだ。

そんな彼女に黒子は優しげな微笑を浮かべて、言った。

「赤司君との約束は破っちゃいましたけど……楽しかったですね」

その笑顔は、優しく、けれど儚《はかな》く、桃井の記憶に焼きついた。

そして、これから数か月後。

彼らは変化のときを迎えることになる。

それは青峰の突然の才能の開花からはじまり――

彼らを繋《つな》いでいたなにかの、静かな崩壊《ほうかい》のはじまりでもあった。

第2G《ゲーム》
海常高校青春白書
～夏休みはまだ終わらせない～

40分間追い続けたボールが、一際《ひときわ》大きな音を立てて、ゴールネットを揺らす。

そして、それと同時に響く、試合終了の合図。

98対110。

熱い夏が終わった。


だが、彼らの夏はまだ、終わってはいなかった。


夏休みの『三大要素』を知っているか——

意表《いひょう》を突く問いかけに、黄瀬《きせ》涼太《りょうた》は制服を取ろうとロッカーに突っ込んでいた手を止めた。

「三大要素……? なんスか、それ。なぞなぞっスか?」

黄瀬は隣で着替えている出題者、森山由孝《もりやまよしたか》に聞き返す。

二人がいるのは、海常《かいじょう》高校男子バスケ部の更衣室《こういしつ》だ。

インターハイ準々決勝、海常高校対桐皇《とうおう》学園高校の試合から、早《はや》一週間。

海常高校男子バスケットボール部は、試合後の余韻《よいん》もなく、通常練習をすでに再開していた。

敗者にも、勝者にも、時間だけは平等に流れる。ならば、次の勝利を確実にするために、一層《いっそう》の練習に励《はげ》むしかない。

そして、今日も一日ハードな練習を終え、シャワーを浴びて制服に着替えようとした黄瀬に出されたのが、先の問題だった。

黄瀬は森山の返事をじっと待っていたが、当の本人は優雅《ゆうが》に制汗《せいかん》スプレーを体に噴《ふ》きかけはじめてなかなか答えない。

「もしもーし、森山センパイ？　なぞなぞ、途中で止《や》めるのはやめてくださいよ」

「なぞなぞじゃない。この世の原則のことだ」

乾いたばかりの髪の毛をふるりと揺らせ、制汗スプレーの噴きつけを終えた森山が答えた。黄瀬は首を傾《かし》げる。

「原則？　夏休みの三大要素が、スか？」

「ああ。夏休みの三大要素とはつまり、夏休みを充実させる『三大要素』だ。すなわち、『花火』・『浴衣《ゆかた》』・『肝試《きもだめ》し』」

「…………」

いったい森山は何を言い出したのか。黄瀬は思わず言葉を失う。しかし、そんな黄瀬に構うことなく、森山は続けた。

「だがな、この『三大要素』には不可欠な前提条件があるんだ。わかるか？」

「…………わかんねぇっス」

黄瀬としては、「全面的に」と付け加えたかったが、そこは男の縦《たて》社会。センパイの言葉を全否定するようなことは言えない。

「夏休みを充実させる三大要素に必要不可欠の前提条件。それは**かわいい女の子**だ……！」

それは森山にとって確信であったらしく、静かな声ながらも力が入っていた。

「夏休みを充実させないうちは、オレたちの夏は終わらない。そう思うだろ、黄瀬」

「…………そういうもんっスかねぇ」

どことなく面倒《めんどう》な展開になりそうな空気を読み、黄瀬は早々に着替えはじめた。

しかし、ワイシャツに腕を通し、ボタンを留めようとしたところで、いきなり腕をつかまれた。

黄瀬は驚き、自分をつかんだ腕の主——二年の早川充洋《はやかわみつひろ》を凝視《ぎょうし》した。

早川はひどく真剣な顔で、黄瀬の手にあるものを握らせる。

「な、なんスか、これ？」

黄瀬がまじまじと渡されたものを見つめた。

早川から手渡されたのは、スプレー缶だった。缶の表面のラベルに書かれた文字は、『制汗スプレー（シトラスの香り）』と書かれている。

「オレがネットで調べたところ、女の子ってのは、男の柑橘《かんきつ》系の香りが嫌いじゃないらしい」

困惑《こんわく》する黄瀬に森山が自信たっぷりに言う。その森山からも、石けんの香りに混じり、うっすらとシトラスの香りが漂う。どうやら、先ほどの制汗スプレーはこの缶と同じものだったようだ。いや、森山だけではない。早川からもシトラスの香りがする。

（なんなんスか、この状況⁉）

突然シトラスに目覚めた男二人に囲まれ、黄瀬は唖然《あぜん》とするしかない。

そんな黄瀬の、缶を持っていないほうの手首を早川はつかむと、大きく上に持ちあげた。

「ちょ、早川センパイッ⁉」

「と（り）あえず！　そ（れ）を体《か(ら)だ》につけ（ろ）！」

「はい⁉　なに言ってるかわかんないっス！　つーか、この状況でラ行抜きのセリフって暗号以外のなにものでもないっスよ！」

「察《さつ》し(ろ)！　この状況か(ら)わか(る)だ(ろ)！」

「全然わかんねーっス！」

必死に訴《うった》える黄瀬に、森山はやれやれと首を振ると、自分の制汗スプレーを黄瀬の背中に噴きかけた。

「ぎゃ――っ！　ちょ、な、なにすんスか⁉　ええ、なにこの状況⁉」

「だから、これから**ナンパ**に行くんだよ」

瞬間、黄瀬の目と口が埴輪《はにわ》のように丸くなった。


夕暮れの校門に、背の高い男たちがたむろしていた。

言わずと知れた、海常高校男子バスケ部のレギュラー五人である。

そろった面子《メンツ》に森山は満足そうにうなずくと、にこやかに言った。

「んじゃ、さくさくっとナンパしますか」

「おい、ちょっと待て」

「どうした、笠松《かさまつ》」

森山が歩きだそうとした足を止め、笠松幸男《ゆきお》に振り返る。

「なんでオレがこんなのにつきあわなきゃいけねーんだよ！」

笠松は苛立《いらだ》った顔で森山をにらみつけていた。

その笠松からも、微《かす》かにシトラスの香りが漂っている。

それもそのはずで、彼も黄瀬と同じようにも、更衣室で突然シトラスの制汗スプレーを押しつけられたのだ。ただ黄瀬と違う点は、理由も聞かされないまま校門に呼びだされ、ここに来て初めて今日の目的を知らされたということだ。

笠松が不機嫌を隠さずに森山をにらむと、森山は至極《しごく》当然という様子で答えた。

「そりゃあ、オレがネットで調べたところ、ナンパは大人数でやるほうが楽しいって書いてあったからだ」

笠松は「あのなぁ!!」とさらに抗議を続けようとしたが、早川の気合い充分な声にかき消された。

「うおっしゃー！　森山《も（り）やま》さんっ、オ（レ）がんば（る）っす！」

「うん、おまえはほどほどにね」

「森山《も(り)やま》さん、そ（れ）どういう意味っすか⁉　オ(レ)、マジっすか（ら）！」

「おいっ、人の話を聞けって！」

焦《じ》れた笠松がいつもの鉄拳《てっけん》パンチを食らわせようとすると、その腕をやんわりと止める手があった。

「まあ、落ち着けって。たまにはいいじゃないか、こういうのも」

「小堀《こぼり》……」

レギュラー陣で一番の良識派の小堀は、笠松の腕を放すと苦笑いをしながら言った。

「それに、もしも早川たちが暴走したら、止めるためにも笠松はいたほうがいいだろ」

「確かに……！」

さすが良識派の小堀である。言うことがもっともなので、笠松はしぶしぶ「仕方ねぇなぁ」とナンパご一行様に加わることを承諾《しょうだく》した。

ちなみに黄瀬は、「あのー、オレは帰ってもいいっスか？」と言いかけたのだが、笠松の「自分だけ、逃げようなんてぜってぇ許さねぇ‼」という意志の込められたにらみを前に、「……いや、なんでもないっス」と黙るほかなかった。

一行はぞろぞろと、駅に向かって歩き出す。

森山のネット調査によれば、駅前広場がナンパスポットらしい。

夏の暑さは夕暮れといえど、まだまだ容赦《ようしゃ》がない。

襟元《えりもと》をぱたぱたとして風を送りながら、黄瀬は隣を歩く小堀に話しかけた。

「小堀センパイって、こういうの興味あるほうなんスね。なんか意外っス」

「興味っつーかなぁ……」

小堀は前を歩く笠松たちを見る。

笠松は、うきうきとしている森山と早川に、「オレは行きたくて行くわけじゃないからなっ！　あくまでも付き添いだからな！」と釘《くぎ》をさしていた。

小堀はまたも苦笑し、黄瀬だけに聞こえるよう声のトーンを落として言った。

「夏休みを充実させるためのナンパなんて言ってるけどさ、結局はこれって、森山なりの笠松への思いやりなんじゃないかと、オレは思ってる」

「は？　思いやり？」

小堀はうなずいた。笠松たちが二人の会話に気づく様子はない。

「桐皇戦から、まだ一週間だ。だけど、笠松はすでに頭を切り換えてウインターカップを見ている」

「すごい精神力っスよね。オレ、マジ尊敬してるんスよ」

「……無理してるんじゃないかって、森山は心配してるんだろうさ」

「え？」

「笠松は自分がなぜ主将《キャプテン》に選ばれたのか、その理由を痛いほど理解してる。それに主将の存在がどれくらい周囲に影響を与えるかもな。だから、自分の感情を二の次に、役目を果たそうと必死だ。だが無理をすれば、どこかで転ぶ。転ばないためにも、時には休憩《きゅうけい》が必要なんだよ」

「そうだったんスか……」

黄瀬は前方を歩く三人に目を向けた。

相変わらず笠松は、森山と早川に釘をさしている。

最初は気乗りしないナンパ決行だったが、これが笠松の息抜きになるのだったら、悪くはない。

（夏休みに、一日こういうのがあってもいいか）

黄瀬は、どこか楽しくなっている自分がいるのに気づいた。


ぞろぞろと歩いていた一行は、森山が言うナンパスポット、駅前の広場にたどり着いた。

スポット、と言われるだけあって、多くの人が行き交《か》い、中には黄瀬たちと同い年ぐらいの少女たちの姿もある。

「……で、どうやってナンパするんだよ？」

やや緊張した様子で、笠松が森山に尋《たず》ねた。

森山は、ふっ……と切れ長の瞳《ひとみ》を伏せると、言った。

「まあ、見ていろ」

自信満々に答える森山に、一同から尊敬の念が含まれた「お〜」という声があがる。

早川がキラキラと目を輝かせて森山に尋ねた。

「森山《も(り)やま》センパイ！　今まで、ど(れ)ぐ(ら)いナンパしたことあ(る)んですか⁉」

「一回だ」

森山は、薄く笑い、さらりと前髪をすいた。

「いっかい？」

黄瀬、笠松、小堀の顔が固まった。

「えーっと、ちなみにそん時は成功したんスか？」

「あのときの出会いは残念な形になってしまった……」

黄瀬の質問に答えた森山は、昔を思い出すように遠くを見つめた。

「あれは、忘れもしない一週間前……。試合のあとでオレは、観客席の西側三列目、一番端《はじ》にいた、あの娘《こ》に声をかけた」

「一週間前って、桐皇戦じゃねーかっ⁉　試合のあとで、おめーはなにしてんだよっ！」

笠松が激しく責め立てるが、森山は意に介《かい》さず、続けた。

「出会いは一瞬だった。声をかけたが、言葉を交わすことも叶《かな》わず、彼女はオレのもとを去っていった」

「いや、単に声をかけても。相手も返しようがなかったんじゃないっスか？」

黄瀬が冷静に分析《ぶんせき》するが、これも意に介さず、森山は続ける。

「そのとき、オレは思ったんだ。ただ出会いを待っているだけではダメだ。こうやって自分から声をかける……そう、ナンパはすばらしいものだと！　それ以来、オレはネットでナンパ方法を調べ、きっちりマスターしてきた！　今日こそ、それを実践《じっせん》する！」

「じゃあ、一人で行けよ！」

笠松が怒鳴る隣で、絶句していた黄瀬は、確信する。

（小堀センパイ、あんた、あんた善人《ぜんにん》すぎだよっ！　森山センパイ、ぜってー自分が楽しみたいからナンパしに行こうって言いだしたんだよ！）

そして、その小堀が森山の餌食《えじき》になった。

笠松に散々《さんざん》怒鳴られていた森山は心底心外《しんそこしんがい》そうな顔をして、「おまえたちも一回ナンパすれば、良さがわかるって」と言い、こう続けたのだ。

「とりあえず、小堀から行ってみよっか」

黄瀬の予想違《たが》わず、小堀のナンパは撃沈《げきちん》した。

広場にある噴水《ふんすい》の縁《ふち》に並んで座り、小堀の奮闘《ふんとう》を陰《かげ》ながら応援していたメンバーは、顔を真っ赤にして早足で戻ってきた勇者《小堀》を温かく迎えた。

「小堀《こぼ(り)》さん、オ(レ)勉強にな(り)ました！　ナンパって、ああやってや(る)んですね！」

早川が心から感動した様子で、小堀に熱く語りかける。

明らかに見当違いの早川の激励《げきれい》(？)だが、すでに小堀はそれをうっとうしいと思うだけの心の余裕もない様子で、素早く噴水の縁に座ると、

「穴掘って、誰かオレを埋めてくれ……！」

うなだれ、組んだ両手の指が恥《は》ずかしさから震えていた。

「こ、小堀、大丈夫か？」

笠松の言葉に、小堀はぷるぷると首を振る。

「小堀センパイ……ちなみに、勝算はあったんスか？」

黄瀬の質問に、小堀の動きがぴたりと止まった。

そして、しばらくの沈黙の後に、ポツリ。

「………なかった。でも、これも笠松を元気づけるためだと思って……！」

「どんだけいい人なんスか⁉　つーか、さっきの森山センパイの話聞いてました⁉　そもそも、今時ドラマでも『お嬢さん、お茶しません？』なんてナンパの常套句《じょうとうく》、使いませんよ⁉」

「それしか知らなかったんだよ……‼」

小堀が頭を抱えた。

「それ言ったとき、相手の女の子がめっちゃ吹きだしてさ……。女子って、どうしてああも残酷《ざんこく》なんだ……」

「残酷なのは、森山センパイっス」

「違うな。残酷なのは、スポーツ青年の純情さを理解できない世の中だ」

森山は、しれっと言うと、早川の肩にぽんと手を置いた。

「次は早川、行ってこい」

「わか(り)ました！　行ってきます！」

早川はビシッィと意味もなく敬礼し、噴水を離れた。


「無理《む(り)》っした！」

「早っ!!」

一分後、圧倒的に敗北した早川が元気よく戻ってきた。

「声かけた(ら)、すっげー不思議そうな顔して、逃げ(られ)ました！」

「そりゃそーっスよ！　いきなり『今度、オ(レ)の試合、見に来てく(れ)ませんか？　応援よ(ろ)しく！』なんて言われたら、誰だって逃げるっスよ!!」

黄瀬のツッコミに、笠松も続ける。

「しかも、なんで小堀が失敗した女に声をかけるんだ？」

「(リ)バン、担当ですか(ら)！」

「意味ちげーだろ！」

声を荒らげる笠松の肩に、満足げな顔の森山が手を置く。

「これで、ナンパが楽しいということがわかっただろう？」

「おまえの目は節穴《ふしあな》か⁉」

言い返した笠松に、森山はやれやれと首を振った。

「まだわかってもらえないとは……。仕方ない、オレが行こう」

「最初からおまえが行けよ！」

「まあ、そう言うな、笠松。よく見てろよ。うまくナンパして、夏休みの三大要素を極《きわ》めてやるから」

そう言うと、森山は足取りも軽く噴水を離れた。

「がんばってください、森山《も(り)やま》さんっ！　オ(レ)、勉強させても(ら)いますか(ら)！」

離れていく森山の背にエールを送る早川の隣で、黄瀬は笠松に尋ねた。

「前から思ってたんスけど、オレはどじゃないけど、森山センパイってけっこうイケメンだと思うんスよ。それなのに彼女がいないって、どういうことなんスか？」

「おまえ、さりげなく自慢すんなよ！」

ゲシッ。笠松が黄瀬の足を踏む。

「っ‼　スイマセン……」

黄瀬が痛みをこらえて謝ると、笠松は言った。

THE BASKETBALL WHICH KUROKO PLAYS.

「森山に彼女ができないのには、理由があるんだよ。それこそ、そのせいで『別名』がつくほどの理由がな」

「はぁ？　なんスか、その『別名』って」

「見てればわかる」

笠松が森山に視線を向けると、ちょうど彼が女の子に声をかけているところだった。


数分後、黄瀬には笠松が言わんとしていたことが、よくわかった。

噴水に一人で戻ってきた森山は、首をひねる。

「不思議だ……途中まではいい雰囲気《ふんいき》だったのに。やはり男と女はわかり合えないものなのだろうか」

「わかってないのは、森山センパイだけっス！　なんスか、今のナンパは⁉」

黄瀬のツッコミに、森山が平然とコメントする。

「オレ独自の傾向と対策によるナンパ術だ。まずは相手を褒《ほ》め、心の警戒《けいかい》レベルを下げる」

「ああ、確かにあの褒め言葉の羅列《られつ》はすごかった。初対面の人間をあそこまで褒められるなんて……森山、おまえってやっぱり良いヤツなんだな」

　小堀が感心したようにうんうんとうなずいた。

「小堀センパイ、あんたどんだけ、森山センパイを善人にしたいんスか⁉　騙《だよ》されてる！　完璧《かんぺき》騙されてるっス！　だって、最後のほう、森山センパイの言ってた内容、酷《ひど》かったじゃないスか！」

　黄瀬の訴えに、森山は心外だというように肩をすくめた。

「いったい、どこが酷かったんだ？　オレは単に、『この出会いは運命だ』って言っただけだろ？」

「それだけじゃ終わらなかったじゃないスか！　そのあとも『これは運命だから抗《あらが》っちゃいけない。もうこの手を放したら、二度と会えない気がする。まさしく運命的めぐりあい。これを逃さない手はないよ』って言ったましたよね⁉」

「それがなにか？」

「なにかじゃないっスよ！　どこの悪徳商法スか！　女の子、マジでビビッてたっスよ！」

「そうか？　おかしいな、ネットで調べたとき、女の子は《運命の出会い》という単語で押せば、必ず折れるってあったんだけどな……」

「どんだけネットを信用してるんスか⁉」

ツッコミに疲れた黄瀬が、ゼーゼーと息をつく。

そんな黄瀬を慰《なぐさ》めるように、笠松がぽんぽんと肩を叩《たた》いた。

「これでよくわかっただろう。森山は思い込みが激しいんだ。これだと思ったら、それをとことん遂行《すいこう》する。だから『別名・残念なイケメン』と呼ばれるんだ」

「残念すぎっス……」

黄瀬はがっくりとうなだれた。

『別名・残念なイケメン』の結果が加わって、ナンパは三戦三敗。勝率ゼロパーセントだ。

「そろそろ一勝が欲しいな」

森山は、噴水の縁《ふち》に並んで座る黄瀬と笠松を見下ろした。

「オ、オレは行かないぞ！　オレは監視《かんし》役で、無関係だからなっっ‼」

笠松は一際《ひときわ》慌《あわ》てた様子で首と手を振る。

その隣で黄瀬が「思ったんすけど……」と軽く手をあげた。

「ナンパなんてしなくても、オレが普通に合コンセッティングすれば、いいんじゃないんスか？　桐皇戦の時、森山センパイ、そんなこと言ってたし……」

「それはだめだ」

すぐさま森山が否定した。

「あれは勝ったら、紹介しろという話だった。こういうけじめは大事なんだよ」

「けじめ……スか」

そう言われると、黄瀬はなにも言えない。

森山は、一人納得したようにうなずくと、言った。

「というわけで次はおまえだ。オレたちのチームに勝利をもたらせよ。期待してるから」

チームの期待を一身《いっしん》に背負い、黄瀬は噴水から離れた。

目の前を、何人もの女の子が行き交《か》う。少女たちは、チラチラと黄瀬を見て、通り過ぎていく。

バスケの傍《かたわ》ら、モデル業もしている黄瀬である。もちろんこれまでに、女子にナンパされる、逆ナンには何度か遭遇《そうぐう》しているが、自分からナンパするのは生まれて初めてだ。

（いつもどんなふうに声、かけられてたっけ？）

記憶の糸を辿《たど》るが、どれも曖昧《あいまい》だ。逆ナンされても、いつも適当な理由をつけて、断ってきたせいだろう。

（……いや、声のかけ方じゃなくて、誰に声をかけるかが、大事か）

森山の褒め殺しも、相手に合わせて言葉を選んでいた。通り一遍《いっぺん》の言葉で声をかけては意味がない。

問題は、誰に声をかけるか。

黄瀬は広場を歩く人々に目を向け、ふと小さな違和感《いわかん》に気づいた。

（なんか……さっきから、オレの前を通り過ぎる人が同じじゃね？）

違和感を確かめるために、黄瀬は目印《めじるし》を探した。ちょうどタイミングよく、黄瀬の目の前を二人組の少女が通り過ぎる。一人は頭にピンクのカチューシャをしているので、覚えやすい。

そのカチューシャの少女たちを、本人に気づかれないよう、そっと目だけで追った。

少女たちは、黄瀬の目の前を通り過ぎ、広場の端《はし》まで行くと、広場の外周に沿って歩き出し――

「マジかよ……」

呆気《あっけ》にとられる黄瀬の目の前を、ピンクのカチューシャ少女が、何事もないかのようにまた通り過ぎる。少女たちは広場を一周し、再度黄瀬の前へと姿を現したのだ。

しかも、どうやら同じことをしている少女たちが、他にもいるらしく、これが違和感の正体だと悟（さと）る。

　呆（あき）れる黄瀬の脳裏（のうり）に一つの妙案（みょうあん）が浮かんだ。これまた荒唐無稽（こうとうむけい）な妙案が。

（いや、いくらなんでも、これはない、よな……？）

　そう思いつつも、黄瀬は人差し指を立てて、自分の体の前へ、突きだした。

　そして、一言。

「オレとお茶したい人、この指とーまれっ」

「はいっ」

「ス、ストップ‼　ストップ‼　マジ、勘弁（かんべん）してください！　つか、指つかまないで！」

少女たちにもみくちゃにされ、黄瀬は悲鳴をあげた。

結局、そんなに大勢の人とお茶はできないということで、少女たちのうち、先着五名とレギュラー陣で近くのファミレスへ入った。

「なんか……合コンみたいだな」

席に座り、小堀がつぶやいた。

「おまえなら、やってくれると思っていたよ」

さわやかに笑う森山に、黄瀬は聞かずにはいられない。

「あ、あの、森山センパイのけじめは……？」

「チャンスは常《つね》に出会い頭《がしら》が大事だと思わないか、黄瀬」

つまるところ、この状況を歓迎《かんげい》しているらしい森山に黄瀬は苦笑いを返すだけだ。

ちなみに少女たちは皆、席を外している。

ドリンクバーを人数分頼んだあと、「ちょっと……」と全員がトイレに立ってしまった。

おそらく合コン対策用の身だしなみチェックに行ったのだろう。

ドリンクバーで作ってきたアイスティーを飲みながら、黄瀬は何気なく笠松を見て、飲んでいたものを吹きだした。

「セ、センパイ⁉」

「ド、ドドドドウシタ？」

ギギギ……と音が出そうなほど、ガチガチに緊張した笠松が首を回して黄瀬を見た。

「『どうした』はこっちのセリフっスよ！　大丈夫っスか⁉」

「ド、ドウカナ……」

笠松は、これまた油をさしていないロボットのような動きで、アイスコーヒーの入ったグラスを手に取る。しかし、あまりにも手が震えているので、アイスコーヒーが氷と一緒に飛び出る。

「ちょ、え？　えぇ⁉　センパイ、落ち着いてください！　コップ！　コップ、離して！　今、拭《ふ》きますから！」

黄瀬は慌てて、おしぼりで机を拭き、その間に早川が氷を拾うと、少し迷っておしぼりに包む。

「ほんと、どうしたんスか、センパイ」

黄瀬の問いかけに答えたのは、小堀だった。

「笠松は女子とほとんど話したことないんだよ」

笠松が、かくんとうなだれた。いや、本人としては、うなずいたつもりなのかもしれない。

「話したことないって……でも、クラスの女子とか、話す機会って結構あるじゃないスか」

「オレが笠松から聞いている限り、入学してから今まで、『ああ』と『違う』しか話してないそうだ」

「それで会話になるんスか⁉」

「だから、ほとんど話してないんだって。だから、いざ久しぶりに女子と話すことになって、ド緊張してるんだよ」

「センパイ……オ(レ)、泣けてきました！」

小堀の説明に、直情《ちょくじょう》型の早川が目に涙を浮かべた。

さすがにそれは腹が立ったのか、笠松がすかさず早川の頭をはたく。

「コ、コレクライナンテコトナイッ！　オレモ男ダ……今日コソハチャャントハナ……話す！」

ようやく日本語を取り戻した笠松だが、顔を赤くしてそんなことを言われても、無理をしているのがバレバレだ。

笠松は大きく深呼吸し、「よしっ」と小さくつぶやく。

気合い充分だ。

充分だからこそ、見ているほうは不安が募《つの》る。

「で？　笠松はどの女子が好みなんだ？」

不安度ナンバー1に繰り上がった笠松に、不安度ナンバー2の森山が尋ねた。

「そりゃっ、その…………一番右の……」

笠松は何故《なぜ》か照《て》れて下を向き、ごにょごにょと話したが、聞き逃すような森山ではない。

「右？　……ああ、あのボインな子か。なるほど、笠松は巨乳好きなんだな」

「きょっ!?　おまえっ、もっと言い方を考えろよ！」

「事実をねじ曲げても意味ないだろ。それより、せっかく好みの子がいるなら、うまく会話を弾《はず》ませろよ」

いつもであれば、「おまえがそれを言うなよ」と言うはずのところを、笠松は言葉を詰まらせ、しばし黙考《もっこう》すると黄瀬を呼んだ。

「黄瀬……」

「なんスか？」

笠松は、テーブルを挟《はさ》んで反対側、少女たちが戻ってくる予定の空席をにらんだまま、聞いた。

「お、女の子と、ど……どんな話をすればいい？」

「どんなって……いや、普通っス」

「普通ってなんだ⁉」

「そっからっスか⁉　い、いや、例《たと》えば……そうだ！　森山センパイみたく、相手のかわいいところを褒めるとか！　あと、適当におもしろいことを言ってみたり！」

「褒める、おもしろいこと……？」

笠松の頭が、フル回転し始めた時。

「ごめんなさーい、お待たせしましたぁ☆」

トイレに立っていた少女たちが、ちょうど戻ってきた。

（こ、こっちも、気合い充分だ……！）

戻ってきた少女たちを見て、黄瀬は目を見張った。

きっちりと引かれたアイライン。ボリューム満点のつけまつげ。何故かしっかり巻かれているロングヘア。口元のリップはぷるんと煌《きら》めく。そして、さりげなく強調するように開かれた、胸元。

トイレに行く前よりも、ワンランクアップでの帰還《きかん》である。

「あっ、みなさんはもうドリンク取って来ちゃったんですねー！　あたしたちもすぐに取ってきますぅ」

少女たちはキャッキャッとドリンクバーへ向かう。

しかしそんな少女たちの姿も、今の笠松にはほとんど見えてなかった。

彼の頭の中では、今やこのフレーズでいっぱいだ。

（褒める。ウケを狙《ねら》う。褒める。ウケを狙う。褒める。ウケを狙う……）

やがて、ドリンクを手にした少女たちも席に着き、「じゃあ、乾杯《かんぱい》しましょ？」という運びになった。

「誰が乾杯の音頭《おんど》をとりますぅ？」

黄瀬の目の前に座った少女が、熱い視線を送る。しかし、相手はスポーツの縦社会で生きる男。黄瀬の視線は、迷わず笠松に向かい、

「んじゃ、笠松センパイ、乾杯を……」

と言ったあとで、しまったと気づくがもう遅い。

笠松がコップを手にガタッと立ち上がった。

だが先ほどと違い、コップを握る手は震えてはいなかった。

取り乱すのではないかと心配した黄瀬だったが、その姿にほっと胸をなで下ろす。

（さすが、センパイ。本番には強いっスね）

黄瀬は頼もしく笠松を見つめた。

しかし実のところ、笠松の緊張は限界を突破し、単に震える余裕もなくなっただけにすぎなかった。

頭の中ではあのフレーズがエンドレスで回っている。

（褒める。ウケを狙う。褒める。ウケを狙う。褒める。ウケを狙う……）

立ち上がった笠松は、そこで初めて目の前の少女を見た。

同じ年頃の少女が、にっこりと笠松に笑いかけている。

（褒める。ウケを狙う。褒める。ウケを狙う。褒める。ウケを狙う……）

笠松はぐっとコップを握る。

（褒める。ウケを狙う。褒める。ウケを狙う。褒める。褒める……）

立ち上がった笠松の目に入ったのは、少女の大きく開かれた――

（ウケを狙う！）

笠松はぐいっとコップを掲《かか》げ、声を張りあげた。

「じゃ、じゃあ…………おっぱーい‼」

最後の「い」が裏返っていた。

だが、それを誰も指《し》摘《てき》することはできなかった。

修復不可能な夏の出会いがそこにあり、回避できない夏の別れがそこにあった。

彼らの夏は、こうしてまた一日終わりへと近づいた。

第3G《ゲーム》
誠凛高校バスケ部、最大の危機？

木吉鉄平《きよしてっぺい》という男について、かつて日向順平《ひゅうがじゅんぺい》はこう評している。

「変人」

やること成すこと、どこかズレている。それが木吉鉄平である、と。

その木吉が誠凛《せいりん》バスケ部に復帰し、新学期を迎えたある日。

珍《めずら》しく部活の開始時間ぎりぎりに部室に現れた木吉は、自身のロッカーをごそごそと漁《あさ》りはじめた。

たまたま部室に日向もいたのだが、それを見ても気にはしない。

なにせ「変人」のやることだ。不思議に思っていたら、きりがない。

しきりに首をひねっている木吉をそのままに、日向はさっさと練習用のウェアに着替え、部室を出ようとした。そのときだ。

「日向、ちょっといいか」

木吉が日向を呼び止めた。

いつになく木吉が真面目《まじめ》な顔をして日向を見つめている。

しかし、今までの経験から木吉の真面目顔には、毎回どうしようもない「オチ」がついていることを、日向は嫌というほど――本当に嫌だから、やめてほしいと願うほど――知っていた。

「困ったことになった」

木吉は真面目な顔のまま続けた。

「財布を落としたらしい」

「……そうか。なら、オレに相談せずに遺失物《いしつぶつ》届けを生徒会に提出しろもしも金を貸してくれというならば断る」

「すごいな、日向！　今、息継ぎなしだったぞ！」

「おまえと話すときはこれぐらいテンポをあげとかないと、時間の無駄になるんだよっ。じゃあな、オレは先に行くぞ」

「ちょい待てって。これはおまえにも関係あることなんだ」

「はぁ？」

出て行きかけた日向が振り向く。その顔は半信半疑《はんしんはんぎ》だ。

「なんでおまえの財布が、オレに関係すんだよ」

「オレの財布には金が入ってる」

「そりゃ、入ってるだろうな」

「オレの金じゃないんだ」

「なんだよ、それ。じゃあ、誰の金だよ」

「部の金だ」

「ブノカネ？　あぁ、『部』の金か…………え？」

単語と意味を正確に結びつけた日向は、一瞬遅れてはっとなる。

（ちょっと、待て。こいつ、今とんでもないこと言ったよな……）

不吉なものを感じ、日向の肌《はだ》にじわりと嫌な汗《あせ》が噴《ふ》き出した。

この手の予感は、困ったことに当たることが多い。

「昨日、後期の部費が各クラブに配給されたらしくてさ、リコに『ちょっと預かってて』と、部費を丸ごと渡されたんだ。で、それを財布に入れといたんだが……」

「落としたのか⁉」

日向が木吉の言葉を奪うように尋《たず》ねる。

「ああ、そうらしい」

木吉がいたく真面目な顔で答えた。その顔に、日向は持っていたタオルをベシッと投げつける。木吉がタオルをどけるより早く、日向の雷《かみなり》のような怒号《どごう》が響いた。

「そうらしいじゃねーよ！　なにやってんだよ、おまえは――!!」

「財布を落とした」

「そういうことを聞いてんじゃね――!!　部費がなけりゃ、ボールの新調とか、ユニフォームとか、いろいろ困るだろ！」

「やっぱりそうなるか？」

「そうなるか、じゃねえよ！　なにのんびりしてんだ！　くそっ、部員全員で捜すぞ！　学校中隅《すみ》から隅まで!!」

「待ってください」

「これが待ってられるか！　って、うおぁぁぁぁぁ!!」

乗りツッコミのような悲鳴をあげて、日向が思わず飛び退《の》く。

二人きりかと思っていた部室に、第三の声が響いたのだ。

「話は全部聞いていました。ボクに考えがあります」

部室にいた第三の人物――やはり今日も影が薄すぎて気づかれなかった、黒子《くろこ》テツヤである。

「黒子、おまえいつからそこに!?」

跳《は》ね上がった鼓動《こどう》を物理的におさえるように、胸に手を当てた日向が尋ねた。

「さっきからずっとですけど……」

黒子はぽりぽりと頬《ほお》をかいた。

「それより、考えがあるって、どういうことだ？」

黒子の突然の出現にも、眉《まゆ》を少し上げただけの驚きしか示さない木吉が先をうながす。

「木吉センパイのお財布のことです。こういう場合、捜索は順を追って行《おこな》うべきです。まずは、生徒会が保管している遺失物に財布がないかを確認。その後、木吉センパイが今日一日訪れた場所を重点的に捜索すれば、きっと見つかります」

「…………黒子、おまえ、なにか変なものでも食べたのか？」

いつになく饒舌《じょうぜつ》な黒子に違和感《いわかん》を覚えた日向が、熱をはかるように額《ひたい》に手を当てる。

「ボクはいつも通りです」

黒子は相変わらずの無表情で、日向の手から逃れるように身を引いた。

木吉は左手で右の肘《ひじ》を支え、右手で顎《あご》をなでる。しばしの沈黙のあと、うんとうなずくと、黒子を見た。

「確かに、黒子が言った通りにしたほうがよさそうだ。すごいぞ、黒子。名探偵みたいだ」

「推理小説もよく読むんです」

「ホントか⁉　じゃあ、探偵みたく、あれをやってくれよ」

「あれってなんですか？」

黒子が首を傾《かし》げる。「あれはあれだよ」と、木吉はさっと日向に向き直ると言った。

「『犯人は……あなただ！』」

「誰が犯人だ！　ダアホ‼」

勢いよく指を突きだした木吉の顔に、日向が思いっきりバッシュを投げつける。

「遊んでる場合じゃねぇだろ！　とりあえず黒子方式で財布捜すぞ！」

日向の号令に、即席探偵と顔にバッシュの跡がついた男がうなずいた。


捜索の第一歩、生徒会への問い合わせは無駄足《むだあし》に終わった。

「木吉の財布らしきものはなかったよー。つーか、昨日今日と財布の落とし物はないって、生徒会のやつらは言ってた」

生徒会室から、日向たちが待つ体育館に戻ってきた小金井《こがねい》慎二《しんじ》は、陽気に報告した。

「……となると、お財布捜索は第二段階ですね」

黒子は手にしたメモ用紙に目を落とす。

「なんだよ、それ」

火神大我《かがみたいが》が、脇《わき》からメモ用紙をのぞき込んだ。そこには時間と場所が表にして書かれていた。

「これは木吉センパイが、今日一日どこで何をしたかのメモです。これに沿って順に調べます」

「順って……これ、全部か⁉」

「全部です」

黒子の簡潔《かんけつ》だが、力強い肯定《こうてい》に、火神の顔が盛大に引きつる。

「とりあえず、何人かのチームに分けるか？　手分けして捜したほうが早いだろ」

そう提案したのは、伊月俊《いづきしゅん》だ。しかし、それには日向が首を振った。

「いや、全員で同じ場所を捜すぞ。木吉の行動範囲は異様すぎて、少人数じゃ太刀打《たちう》ちできん！」

「オレとしては、普通なんだけどなぁ」

木吉がさほど困った様子もなく笑う。

そのあっけらかんとした笑顔が、かえって部員たちをゾッとさせた。

日向に変人とまで言わしめた男、木吉。その彼の一日の軌跡《きせき》を辿《たど》るということは……。

「……で、まずはどこから行けばいいわけ？」

小金井が、恐る恐る黒子に尋ねる。

黒子はメモを一瞥《いちべつ》すると、言った。

「まずは、校舎裏にある池からです」

「池？　そんなのあったっけ？」

驚きの声をあげる小金井の隣で、水戸部凛之助《みとべりんのすけ》も首を傾《かし》げる。

次の瞬間、はっとした顔で伊月が言った。

「池に行け、イケ！」


誠凛高校、校舎裏。そこに着いたバスケ部一同は、思わずうなった。

「こ、これが池……？」

「こいつは池っていうか……」

「…………プールだろ」

とはいえ、こんな場所にプールがあるはずもない。

彼らの眼前《がんぜん》に広がるのは二十五メートルプールと変わらない大きさの——水田《すいでん》、だった。

だが、水田とは名ばかりで、現在はどう見ても稲《いね》とは思えない水草《みずくさ》が好き勝手に生《は》えている。

かつては園芸部が使用していたのだが、園芸部が廃部となると同時に管理者を失い、場所が場所だけに、今ではすっかり生徒たちから忘れ去られていた。

呆然《ぼうぜん》とする部員をよそに、木吉は池――改め、水田の縁《ふち》にしゃがみ込む。

「よーく目をこらすと、中にちっちゃい魚がいるんだよ。こういうところに頑張って生きてる魚を見つけちゃうとさ、つい応援したくなるんだよな」

「それで、毎朝ここでエサをやっていたと？」

日向が、底冷《そこび》えのする声で聞いた。

「ああ、けっこう楽しいぞ」

「ダアホ――!!」

日向が怒りに任せて木吉の背中を蹴《け》る。バランスを崩《くず》した木吉は、わたわたと両手を泳ぐように動かしたが、努力叶《かな》わず――

ばちゃっ。

無残にも水田に落ちた。

「な、なにすんだよー。うえ、びしょびしょ……」

水の中に両手をついた木吉が、顔だけ振り返り非難の声をあげた――が、思わず口をつぐむ。

「ったく、おまえはどんだけ危機感がないんだよっ！　大金持って、なんで水の近くに来る⁉　落としたら、どうしようとか、考えないのかよっ！」

木吉が振り返った先で、日向はぶつぶつと文句を言いながら、靴を脱ぎ、靴下を脱ぎ、Tシャツの半袖《はんそで》もまくっていた。

「日向？」

突然の日向の行動に木吉が目を丸くする。

「おら、ぼーっとすんなよ、木吉！　水の中捜索すっぞ！」

そう言うと、日向はずぼずぼと池の中に足を踏み入れた。

「なるほど……これは確かに少人数じゃ太刀打ちできないな」

苦笑いする伊月も、日向にならい、素足《すあし》になって池へ入る。それを見て、他の部員たちも続々と水田に入ろうとするので、日向は一年生には水田の回りを探索するよう命じ、財布捜しを開始した。

「木吉、おまえの財布の特徴って？」

水草をかき分けながら、土田《つちだ》聡史《さとし》が尋ねた。

「ブルーのナイロン生地《きじ》で花札《はなふだ》の絵柄が入ってる。あ、中学の修学旅行で買った仏像の根《ね》付《つ》けが目印《めじるし》だ」

木吉が答えると、「うし、了解」と土田は応《こた》え、また黙々と捜し出す。

各自が手足をどろどろにさせて十五分は捜索しただろうか。

「あ、これっ！」

小金井が大きな声をあげた。

「あったか⁉」

全員の視線が小金井に集中する。

小金井は嬉《うれ》しそうに、拾い上げたものを見せた。

「これ、すごくない⁉　昔懐《なつ》かしロケット鉛筆！」

「今することとか、それは――‼」

日向はロケット鉛筆を奪うと、力の限り遠くへ投げた。

「ロケット鉛筆が――！」

小金井が悲愴《ひそう》な声をあげ、がくりと肩を落とす。

そんな小金井に木吉は「そう、気を落とすなって」と声をかけた。

「安心しろ、小金井。ロケット鉛筆は今でもちゃんと販売されてる」

「今言うことか、それは——!!」

すかさず日向のツッコミが入る。

そこへ、周囲を探索していた黒子たちが帰ってきた。

「センパイ、ここらへんじゃねーよ……です。財布っぽいもんは落ちてないっすね」

「池の中はどうですか?」

火神と黒子の報告を聞き、日向は軽く息をつく。

「こっちも収穫ゼロだ。別の場所かもしれないな」

日向たちは水田からあがり、移動することにした。

次に日向たちが訪れたのは、購買部である。

今日の日付を思い出した部員が、一斉《いっせい》に顔を引きつらせた。

「木吉……昼休みに購買へパンを買いに来たの?」

と、引きつった顔で尋ねる小金井に、木吉は朗《ほが》らかに答えた。

「久しぶりに、イベリコ豚《ぶた》……ほにゃららパンが食べたくてさ」

「なんでそこを略すんだよ!」

突っ込む小金井に、すかさず伊月が「突っ込みどころ、そこじゃないだろ」と突っ込む。

「あ、あの大人数の中を、歩いたのか……大金持って……」

火神の顔も引きつった。火神たちも経験者なので、あのパンを巡《めぐ》る戦いがどれほど苛烈《かれつ》なものかは身をもって知っている。まさかあの人混《ひとご》みに、大金を持って挑戦するとは……。

しばし呆然《ぼうぜん》とする一同。その沈黙を破ったのは、冷静な黒子の声だった。

「人にもみくちゃにされて落としたのかもしれません。手分けして捜しましょう」

「いや、でも……あの状況じゃ、誰かに盗まれたのかもしれないぜ？」

火神が率直《そっちょく》な意見を述べた。その可能性を誰もが考えていたらしく、黒子の意見を聞こうと、視線が彼に集中する。

全員の注目を浴びて、黒子が口を開く。

「悲観論ではなく、楽観論で進めましょう」

「精神論かよ！」

「そうだぞ、楽にいこーぜ」

「って、おまえが言うなよっっ!!」

そもそもの原因である木吉の言葉に、全員が突っ込んだ。

「おまえ、自分が原因だってわかってるのか!?　もし、購買でスられたとしたら、いろんな意味で大問題だぞ!?」

日向が木吉に詰め寄る。しかし、木吉は「まあまあ、落ち着け」と日向の肩をぽんぽんと叩《たた》いた。

「スラれた可能性は低い。だから、安心しろって」

「どうしてそう言い切れる」

あまりにも自信満々に言う木吉に、日向は眉根《まゆね》を寄せる。

「言い切れるさ。だって、オレ、あの人混みには入ってないからな」

「はぁ!?」

「イベリコほにゃららは食べたかったんだけど、リコと約束していたのを思い出してな」

「リコと約束……まさか……!」

「ああ。家庭科室でな……料理の特訓につきあったんだ」

「な、なに――!?」

またしても、全員の声が一つになった。

「料理の特訓につきあうって、あの料理を食べたのか!?」と小金井。

「体は大丈夫か」と言わんばかりに、水戸部は木吉の額に手を当て、続いて脈《みゃく》まで測《はか》り出す。

心配そうな視線が木吉一人に集まる中、木吉は相変わらずのニコニコ笑顔で、

「体のほうは大丈夫だよ。ただ、驚いたことにさ、食事のあと一瞬記憶が飛んで、次に気

づいたら放送室にいたんだよ」

　と、爆弾発言をした。

「記憶飛ぶってどんだけ!?」

「つーか、どうやって移動したんだよ！　白目《しろめ》むいて歩いてたのか!?」

「家庭科室から放送室。その移動途中で財布を落とした可能性もありますね」

「黒子！　今はその冷静さがこえーよ！」

　しかし木吉の所行《しょぎょう》にツッコミを入れたところで、財布が戻るわけではない。

　とりあえず、捜そう。

　全員が折れそうな心を奮起《ふんき》させ、捜索を再開した。

　まずは購買部とその周辺。続いて家庭科室。最後にそこから放送室までの廊下を順に捜索する。しかし、望むような結果も、さらには手がかりさえもなにも得られなかった。

　やがてついに、木吉が財布を紛失《ふんしつ》したことに気づいたという場所にたどり着いた。

「ここを掃除《そうじ》してるときに、財布がないことに気づいてさ」

　もはや誰も口を開かなかった。

「ホウキってさ、短いだろ？　ずーっと前屈《まえかが》みで掃除してたら、腰が痛くなってきて、とんとん叩いてたら、尻《しり》のポケットに財布が入ってないことに気づいたんだよ。あれは、驚いたわ」

木吉のあっけらんかんとした声が、整地された校庭に響く。

放課後、木吉のクラスが担当した掃除場所は校庭だった。

「よりによって校庭かよ！　広すぎだろ！」

日向が額を押さえた。

一口に校庭といっても、隅には植え込みもある。

落とし物を捜すのは、これまた骨の折れる作業になりそうな場所だった。

すでに四箇所の徹底捜査をしているバスケ部メンバーは、またしても果てが見えない状況に、取りかかる前から疲労を覚え、思わず立ち尽《つ》くす。

しかしそんな中、一人、てくてくと植え込みに近づく人影があった。

黒子テツヤだ。

「黒子……」

火神が呼びかける。黒子は植え込みを丹念《たんねん》に見ながら、言った。

「諦《あきら》めるわけにはいきません」

どんなに可能性が低くても、諦めない。それは彼が今までずっと貫《つらぬ》いてきた姿勢だった。

ダレていた火神の顔が、ふっと笑顔に変わる。

「……そうか、そうだよな」

火神はそう言うと、思考を切り替えるように両手で頬を叩き、植え込みへと向かった。

そんな彼らにつられるようにして、他のメンバーも徐々《じょじょ》に植え込みや、校庭を調べはじめる。

「校庭の掃《は》き掃除って果てしないよなー」

「はっ！　ホウキを放棄《ほうき》しろ！　キタコレ！」

「はいはい。こら、手動かせって」

「これ、ホントに腰にきますね」

雑談を交《まじ》えながら手を休めない部員の姿を、木吉はどこかまぶしいものを見るように見つめ、日向から「おまえが一番働け」と叱《しか》られた。

しばらくして、部員全員は体育館に戻った。

いくら捜しても収穫はなかった。

これ以上の捜索は、練習のさまたげになると日向が判断し、一度体育館に戻ることにしたのだ。

「あーあ、どっこに行っちゃったんだろうなぁ」

板張りに大の字になって寝転びながら、小金井がぼやいた。

「もしかしたら、今日財布を拾った誰かが、明日生徒会に届けるかもしれない。気長に捜そう」

土田が「なっ」と、木吉の背中を叩いた。

しかし、木吉は首を振った。

「いや、もういい。諦めよう」

「えっ⁉」

意外な言葉に誰もが動きを止め、木吉を見つめる。

「諦めるって……木吉、本気か⁉」

土田も驚きのあまり、細い目を見開いていた。そんな彼に木吉が微笑《ほほえ》む。

「ああ」

「ああって……」と、絶句する土田。

木吉は、部員全員の顔を順々に見つめ、言った。

「オレの財布のことはもういいんだ。みんな捜してくれて、ありがとう」

部員たちは、ざわついた。互いに顔を見合わせ、困惑《こんわく》する。

その彼らを慰《なぐさ》めるように、もしくは励《はげ》ますように、木吉は続けた。

「確かにオレは財布を落とした。だけど、今日の探索で得たものもある」

木吉は一度口をつぐみ、一拍置《いっぱく》くと言った。

「**オレたちの結束は固い！　これでウインターカップも大丈夫だっ**」

「今言うことか、それは――‼」

バシッ！

電光石火《でんこうせっか》で木吉の頭をはたいた日向は、頭を押さえてしゃがみ込んだ木吉の前に仁王立《におうだ》ちした。

「いいか！　そもそも、おまえの財布なんてどうでもいいんだよっ！　問題は中身！　後期の部費だろうが！」

「そうだった！」

木吉がはっとした顔で立ち上がる。

「忘れてたのかよっ！」

日向は今日何度目かわからないツッコミを入れた。

それを「まあまあ」となだめた伊月が、ふと真顔《まがお》になる。

「でも、こうなってくると本気で財布が出てこなかった場合を考えないとな。オレたちでどうにか、立て替えられないかな」

「それも視野に入れとかないといけないな……」

日向がため息混じりにつぶやいたときだ。

「わんっ！」

体育館に、子犬の鳴き声が響いた。

入り口にバスケ部のマスコット、テツヤ二号がちょこんと座っていた。

「二号……あ」

何かに気づいた黒子がダッシュで二号に近づくと、二号のそばにしゃがみ込む。

そして、くるりと振り向いたとき、

「もしかして、これが木吉センパイのお財布ですか？」

「あっ!!」

黒子が持っていたのは、ブルーの財布。ファスナーのチャックには、確かに仏像の根付けがぶら下がっていた。

「それ！　それだよっ！　オレの財布だ！」

「でかした――!!　二号が拾ってきてくれたのか!?」

小金井が二号を抱きあげて、喜びのあまり、くるくると回る。

「わんっ！　わんっ！」

「そうかそうか、ありがとな〜〜！」

小金井はますます早く回った。

しかし――

「ないっ！　金が入ってない!?」

「えぇ!?」

衝撃の事実を告げた日向の言葉に、小金井は思わずドテッと転ぶ。二号を押しつぶさないように、腕を上げたのはファインプレーとしか言いようがない。

財布をひっくり返し、何度も中を確認した日向はごくりと唾《つば》を飲んだ。

「ここに入ってないってことは……」

「ちょっと――！　今日は練習始めるのが遅くなーい!?」

と、そこへ入ってきたのは、相田《あいだ》リコ。

「ウインターカップまで時間があると思ったら大間違いだからねっ！」

事情を知らないリコは、腰に手を当てて全員をにらみつける。

「リ、リコ……」

日向が説明しようと口を開くと……。

「あ、そうだ。鉄平、これ今渡していい？　昨日話した、後期の部費」

「……え？」

「え、じゃないわよ。昨日話したじゃない。後期の部費、明日預けるから、よろしくって」

「あ、そうだったっけ？」

へらっと顔を緩《ゆる》ませて、木吉は今日一番頼りとした仲間に振り向いた。

「わりぃ、勘違《かんちが》いしてた」

瞬間、木吉を除く誠凛バスケ部一同の心が一つになった。

そしてその後、怒号と鉄拳制裁《てっけんせいさい》が木吉を直撃したことは言うまでもない。

第4G《ゲーム》
海常高校青春白書
～夏休みはまだまだ終わらせない～

八月三十一日。夏休み最終日。

海常《かいじょう》高校男子バスケットボール部のレギュラー陣は練習を終えると、そろって某所《ぼうしょ》のファミレスに入った。

案内された席に座り、ドリンクバーの飲み物を飲んでも、誰一人として口を開かない。全員が全員とも、ひどく緊張した面持《おもも》ちであった。

「……いよいよだな」

沈黙を破り、口を開いたのは、笠松幸男《かさまつゆきお》。

「とうとう来てしまったな……」

小堀《こぼり》がごくりと喉《のど》を鳴らす。

「黄瀬《きせ》、相手のスペックをもう一度言ってくれ」

シトラスの香りを振りまき、前髪をさらりとなでた森山由孝《もりやまよしたか》が尋《たず》ねる。

「あ、はい。今日、誘ったのは、モデルしてる女の子と、その友だちっス」

聞いていたメンバーから「おお……」と感嘆《かんたん》の声があがる。

「いよいよ本物の合コンか……！」

森山が感慨《かんがい》深げに切れ長の瞳《ひとみ》を伏せる。

「やっべ――！　オ(レ)、今か(ら)緊張してきたっ！」

早川充洋《はやかわみつひろ》も目に情熱の炎を灯《とも》す。

各々《おのおの》盛り上がるメンバーを、黄瀬はじっくりと観察した。

ナンパと突然の合コンに失敗した事件は、まだ記憶に新しい。

あの日、あのファミレスを出たあとで、森山は言った。

「このまま夏を終わらせてはいけない」

なにより、負けっ放しで終わらせてはいけないと。

その言葉に、笠松をはじめ、小堀、早川もうなずく。

黄瀬は、なにが負けなんだろう、と思ったが黙っていた。

「この借(り)はぜってぇ返します！」

早川が目に闘志《とうし》を宿して宣言する。

黄瀬は、借りっていうか、一方的にこっちの失態《しったい》なんじゃ……と思ったが、これも黙っておいた。

そしてその場で、黄瀬に「合コンをセッティングしろ」という至上《しじょう》命令が下されたときも、黙ってうなずいた。

念のため、「森山センパイ、けじめはいいんスか？」とだけは聞いたが、「目の前のチャンスを最大限利用するのが、人間として正しい向上心《こうじょうしん》だ」と言われ、つまりは許可された。

黄瀬にとって、命令の内容自体は難しくない。

だが、改めて合コンをセッティングしたところで、結果はわかったようなものだ。

性善説《せいぜんせつ》至上主義の小堀、熱血体育会系早口口調の早川、残念なイケメン森山、そして女子免疫《めんえき》ゼロの笠松。

不安材料しか、ない。

（本当に大丈夫か？）

黄瀬の心情が顔に表れていたのか、森山が言った。

「心配するな、黄瀬。前回のような失敗はしない」

「本当っスか？　あの……信じても大丈夫っスよね？」

「安心しろ。おまえが合コンのセッティングに奔走《ほんそう》している間、オレたちが何もしないでいたと思うか？　こうやって、合コン開始時間より一時間前に店に来たのだって、ちゃんと意味がある」

森山が自信たっぷりに言うので、黄瀬の顔が少し和《やわ》らぐ。

「さすがセンパイッス。やっぱ、借りはちゃんと返さないといけないッスもんね」

「ああ。前回失敗した原因は、一番に女子と会話する経験値《ち》が低すぎるということだ。というわけで、満場一致でより会話の経験値を上げるべく、合コンまでに練習を重ねようということになった」

森山の説明に黄瀬はうんうんとうなずいた。分析《ぶんせき》結果は実《じつ》に理《り》にかなっている。

「というわけで、オレたちは練習をしたいんだが……黄瀬、おまえはコーチをやってくれ」

「はぁ!?」

黄瀬の口から、素《す》っ頓狂《とんきょう》な声が飛び出る。

「な、な、なんスか、それ!?　コーチって、どういう意味っスか!?」

「この中で、女子との会話が一番多いのはおまえだからな。オレたちの会話スキルにチェックを入れてほしい」

「なんスか、それ！　って、しかも今から練習っスか!?」

「仕方ないだろう、一日の大半《たいはん》はバスケの練習と睡眠で終わるんだ」

同意するように笠松・小堀・早川がうなずく。

絶句する黄瀬への最後のダメ押しは、笠松の一言だった。

「黄瀬、ここは森山たちのために、協力してくれ。オレは全っ然乗り気じゃないが！　森山たちがこう言うんだ、仕方ないだろ？　いいか、オレは全然乗り気じゃないからな！」

それは新手《あらて》のツンデレですか、と聞きたくなるのを黄瀬はぐっと堪《こら》える。

センパイに頼まれれば断れないのが、体育会系の性《さが》。

黄瀬はしぶしぶ「わかったっス……」と了承《りようしよう》した。

「でも、条件があるっス。協力するからには、オレもばしばし鍛《きた》えていくっスよ」

黄瀬が出した条件に、「望《のぞ》むところだ」と全員が返した。


黄瀬の特訓は熾烈《しれつ》を極《きわ》めた。

いや、訓練生たちのスキルが低すぎたというほうが正しいのかもしれない。

黄瀬が適当に女子が言いそうなことを出題し、それに対して訓練生が正しいと思う返事をするのだが、それが難しい。

「森山センパイ、もしも女子が遊園地に行きたいって言ったら？」

「遊園地なんて、つまらない。キミの家に行こう」

「いきなり⁉︎　しかも、なんで全否定なんスか⁉︎」

「ネットで調べたら、初デートは遠出よりも近場で、とあったからな。近場でデートといえば、まずは自宅だろう」

「ネット禁止！　ネットの知識は捨ててください！　遊園地行きたいっつってんだから、行ってください！　いきなり自宅とか、ハードル上げすぎっス！」

「しかしネットがなければ、どうやって会話を進めればいいのか、わからないぞ？」

「それができなきゃ、女の子とつきあうなんて無理っスよ！」

「ハ、ハードル高いな……」

森山が遠い目をしてつぶやいた。

年頃《としごろ》の少年たちが、少女たちのハートをつかむために必死になって会話特訓を繰り返す姿は、なんともシュールな光景であった。

だが、訓練生の誰一人として脱落する者はなく、黄瀬の特訓を受け続けた。

さすがはつらい練習にも耐《た》え抜き、レギュラーを勝ち取ったメンバーである。

忍耐《にんたい》と根性はまさに折り紙付きだ。

そして、その訓練生の士気《しき》の高さに引っ張られるように黄瀬の指導にも熱が入った。

「早川センパイ、もっと落ち着いて話さなきゃだめっス！」

「ぬあぁにぃぃ!?　こ(れ)が普通だ！　ちくしょう、でも、やってや(る)ぜっ!!」

「小堀センパイ、存在地味っス！　もっといい人オーラを出して！」

「無茶を言うな！　こ、こうか⁉」

「微妙っス！」

「黄瀬、オレは⁉」

「笠松センパイはまずクラスの集合写真を直視するとこから！　特に女子！」

「む、難しい‼」

「どんだけ、女の子苦手なんスか⁉」

訓練は続き、やがて一つの問題点にたどり着いた。

それは《共通の話題がない》ということである。

テレビドラマや芸能人、最近流行のショップなど、女子が興味を持ちそうなことについて、笠松たちはうとかった。一日中バスケの練習に明け暮れているのだから、それも仕方がないといえば仕方がないことなのだが。

「やっぱり話題がある程度は必要っスねぇ」

黄瀬が腕を組み、眉間《みけん》に皺《しわ》を寄せる。

「話題か……」

森山も腕を組み、うなった。

「話題ね……」

小堀もうなった。

「わっだーい……」

早川が頭を抱えたところで、

「……みなさん、ちゃんと考えてるんスか？」

黄瀬がコーチ的立場から、じろっとにらむ。

思わずギクリと体を硬《かた》くする三人。そんな中、笠松がふうと息をついた。

「まあでも、オレたちで話題にできることって、バスケぐらいだよな」

「……それしかないっスよね」

黄瀬もため息混じりに言う。

「女子はバスケとか、興味持つのか」

小堀が黄瀬に尋ねた。

「どうっスかねぇ。話し方にもよると思うんスけど……ちょっと難しいかもしれないっス」

黄瀬が再度腕を組み、「うーん……」と悩む。やがて悩んだ末に彼は一つの答えを出した。

「こうなったら基本、オレたちは聞き役に回って、話題の問題は回避《かいひ》するっス！」


だがもちろん、初対面の人間相手に聞き役だけで話がすむはずもなく。

合コン開始後まもなく、この話題が飛び出した。

「笠松さんたちは部活のお仲間って聞きましたけど、何の部活なんですか？」

モデルをしているという少女が、まさに雑誌に載《の》っている笑顔そのままで笠松に尋ねる。

本来であれば、その笑顔にとろける場面だ。しかし、レギュラー陣は一瞬にして、緊張状態に突入した。

なにしろ提示された話題は、話し役に回ることを余儀《よぎ》なくしている。

聞き役のはずが、話し役に……。

躊躇《ちゅうちょ》する笠松。だが、言わないのは不自然すぎる。

彼は意を決した。

「バスケ……です」

「スポーツ系なんですね。かっこいい！」

「え？」

予想外の反応に、笠松たちは一瞬耳を疑う。

女子はスポーツに興味を持たないと思っていたのに……。

「バスケの魅力ってどんなところなんですか？」

今度は別の女子が、森山に尋ねた。

好印象を与えている……！

男性陣に希望の光が見えた。バスケに関する話題が解禁されるなら、話の種《たね》が尽《つ》きることはない。

森山はにこりと笑うと、言った。

「バスケのおもしろさは口では伝えられないよ。やっぱりあれは生《なま》で見ないとね」

そして、ボールの感触を思い出すように自分の手を見つめる。

「試合を見ないと、あのおもしろさはわからない。でも、一番おもしろいのは、試合に出てるメンバーだけど」

「そうだな」

笠松もようやく自然の笑顔に戻った。

「そういや、今日の練習《(れ)んしゅう》でやった五対五《ゲーム》！　オ(レ)、びっく(り)しましたよっ！　森山《も(り)やま》さんのノー(ル)ックパス。マジ、やっべえぐ(ら)い決まってましたよっっ！　なんすか、あ(れ)、どうなってたんすか⁉」

「あれには、オレも驚いた。タイミングもばっちりだったし、いつの間に黄瀬の位置、確認してたんだよ」

早川の言葉に、小堀も身を乗り出して尋ねた。森山は「言うより、図のほうが早い」とスポーツバッグからメモ帳を出すと、簡単にコートを描いて説明をはじめた。

それが呼び水となった。

今日の五対五の感想から始まり、互いのフォームについて、練習方法について、果ては家で行《おこな》うストレッチについて。バスケに関することならば、話題に事欠《ことか》かない。五人は意見を出し合い、少女たちの頼んだアイスサンデーが見る影もないほど溶けるまで、時を忘れて話し込んだ。

そしてなにより、一番忘れてはいけない存在を忘れた。

「……みなさんって、本当にバスケが好きなんですね」

「うん！　やべ、このフォーメーション、今すぐコートに行って練習したい感じっスね」

「ああ」

黄瀬の言葉に、レギュラー陣が力強く同意した。

次の瞬間、はっとしたがもう遅い。

男たちは、練習方法や新しいフォーメーションを描いた紙が溢《あふ》れた机から、顔を上げた。

そこには、楽しげな男子とは真逆《まぎやく》に、全然笑っていない女子が五人。

「あ…………あの、ごめん……」

経験値の高い黄瀬でさえも、今は謝ることば以外思いつかない。

「ううん、いいの。気にしないで」

モデルの少女が、まったく笑っていない笑顔で言った。

「もう思う存分《ぞんぶん》……自分たちだけでやれば？」

その氷点《ひようてん》よりもさらに冷たい声は、少年たちの夏への情熱をいともたやすく冷まし——

そしてこの日、彼らの夏は終わりを告げたのだった。

第5G《ゲーム》
恐怖！
山合宿の悲劇!!

部屋を出たら、暗い廊下を走り、階段を降りる。

そうすれば、すべては終わるはずだ。

火神大我《かがみたいが》は懐中電灯を握り、ぐっと奥歯を噛《か》みしめた。窓の外は夜の闇《やみ》。月明かりもなく、たとえあったとしても窓もない廊下では、頼りになるのは、この手にある懐中電灯一つだ。

「黒子《くろこ》、行くぞ……！」

パートナーの黒子テツヤに声をかけ、ドアを勢いよく開けると、何年も空気が入れ替えられていないカビ臭い部屋から、一気《いっき》に廊下へと出る。

「火神君、危ないです」

「あん⁉　なにが⁉」

後続の黒子の一言に、火神は咄嗟《とっさ》に振り返った。

それが致命的ミスだった。

火神はどんっと壁にぶつかった。

否《いな》。自分はドアを開けて廊下に出たのだ。一歩出ただけで壁にぶつかるということはあり得ない。

となれば……。

ここまでの思考は約コンマ一秒。バカガミと呼ばれる火神の頭脳はフル回転で、今の状況を分析《ぶんせき》しようとする。だが同時に、体は目の前の壁を、確認せずにはいられなくて——

彼は見てしまった。

「ひぃぎゃぁぁぁぁぁぁぁぁぁぁぁぁぁぁぁぁぁぁぁぁぁぁ!!」

絹《きぬ》を裂くどころか、雑巾《ぞうきん》を裂いたような悲鳴が廊下に響いた。

「火神君！」

慌《あわ》てて駆け寄る黒子の前で、火神の巨体はゆっくりと倒れてゆく。

「で、ででで……出た……」

がくがくと震える火神の口から漏《も》れた一言。

それを最後に、火神の意識は暗闇《くらやみ》の奥へと落ちていった。

「火神君、火神君……」

繰り返し名を呼ぶ黒子の声が、空《むな》しく廊下に響いた。

THE BASKETBALL WHICH KUROKO PLAYS.

時《じ》間《かん》半《はん》前。


時を遡《さかのぼ》ること、約一時間半前。

民宿の大部屋でくつろぐ誠凛《せいりん》高校バスケ部のメンバーを前に、カントクの相田《あいだ》リコはにこやかに宣言した。

「さぁ、はじめるわよ、肝試《きもだめ》し！」

「き、肝試し？」

意外な言葉に、火神がオウム返しで尋《たず》ねると、

「そう、肝試し！」

やはりオウム返しでリコに返されてしまった。

突然のことに目を白黒させている一年たちに、主将《キャプテン》の日向《ひゅうが》が補足《ほそく》説明を加える。

「うちのバスケ部では、夏合宿の最後は肝試しってことになってんだよ。合宿の最後ぐらい、少しは遊びも必要だって、主張したヤツがいてな」

日向の視線の先で、小金井《こがねい》が「えへへ」と笑った。

「今年は海と山で二回合宿があったから、山合宿の最後に肝試しをすることにしたんだ」

「それだけじゃないわ！」

「へ？」

日向の説明にリコが口を挟《はさ》む。

「去年の肝試しは、突発的だったから準備できなかったけど、今回は大丈夫！　肝試しに最適なロケーションも考えて、やる場所も決めておいたから！」

ばっちりよ！　とリコがピースサインを出す。

「カントクが言うなら、相当なものが期待できそうですね」

「…………」

「火神君、どうかしましたか？」

話しかけても返事のない火神に、黒子は不思議そうに様子をうかがった。

「あ、いや、別に……」

いつになく歯切れの悪い火神に、黒子は首を傾《かし》げる。

「さ、じゃあ、くじを用意してきたから、ちゃっちゃと引いてね。んで、ちゃっちゃと肝試し会場に行くわよ！」

「肝試し会場？」

リコの言葉に、今度は一同がオウム返しにつぶやいた。

リコが言う、肝試し会場とは、バスケ部がお世話になっている民宿から、山道を三十分ほど登ったところにあった。

「こ、これは……」

突如《とつじょ》として現れた洋館に、誰もが言葉を失った。

明かりのない山中《さんちゅう》では、リコたちが持った懐中電灯だけが唯一《ゆいいつ》の光源だ。その光に照らされた洋館は、二階建てのかなり大きな屋敷だった。だが、人が住まなくなってから久しいのか、外壁はびっしりと蔦《つた》に覆《おお》われ、今や建物の色さえ確認のしようがない。玄関のポーチも、タイルがいたるところひび割れており、無残《むざん》な様子だ。

誰が見ても、入ることを躊躇《ちゅうちょ》させる建物だった。

「はい、じゃあ、くじの順番通り、ここに入っていってねー。中に入ったら、真ん中の廊下を進んでいくと、一番奥に階段があるから。そこから二階に上がって……」

「いやいやいやいやいや！　ちょっと待て！」

「どうしたの？　日向君」

「どうしたのって、本気か⁉」

「なにが？」

日向の言葉に、リコはきょとんと瞬《まばた》きした。

「だって、これ！　明らかに廃墟《はいきょ》だぞ！　こんなとこ、入って大丈夫なのかよ⁉」

「大丈夫大丈夫。宿の人に聞いたら、問題ないって言ってたから」

「問題ないって……」

日向は絶句して洋館を見上げた。

「それに夕方、一人で入ったけど特に問題なかったわ」

「一人で入ったのか⁉」

さらりと言ってのけたリコに、さらに絶句する日向である。

「雰囲気《ふんいき》的にも肝試しにぴったりだったから、ばっちり楽しんできて！　懐中電灯はチームごとに一つずつ、ちゃんとあるわよね？　じゃ、始めましょ！　えーっと、まずは……」

リコはメモを取り出し、懐中電灯を当てる。メモには各チームの出発順が書かれていた。

一番　日向＆木吉《きよし》
二番　火神＆黒子
三番　伊月《いづき》＆水戸部《みとべ》

四番　小金井&土田《つちだ》
五番　降旗《ふりはた》&河原《かわはら》&福田《ふくだ》
「じゃあ、日向君と鉄平《てっぺい》から、行ってみようか！　五分後に黒子君たちね！」
周囲の微妙な空気とは裏腹《うらはら》に、元気なリコの声がスタートを知らせた。

日向たちが屋敷に入ると、ばたんと扉が閉められた。

「て、徹底していやがる……」

顔を引きつらせて、日向は懐中電灯で注意深く周囲を照らす。

そこはエントランスホールらしく、吹き抜けとなっていた。左右にそれぞれ二階へと続く階段があり、天井には蜘蛛《くも》の巣の張ったシャンデリアが、日向たちを見下ろしていた。足下《あしもと》はどこまでも絨毯《じゅうたん》が続く。一歩進めば、舞い上がる埃《ほこり》に顔をしかめるような有様《ありさま》だ。

リコが言っていた真ん中の廊下というのは、おそらく左右の階段の間に見える廊下のことなのだろう。途中で曲がっているようで、リコが言っていた最奥《さいおう》の階段は見えなかった。

このエントランスホールの大きさからすると、一番奥ってけっこう遠いよな。

日向はごくり、と唾《つば》を飲み込んだ。

「とりあえず、進むか？」

日向はパートナーの木吉をちらりと見た。見た瞬間、悲鳴をあげた。

「うぎゃぁぁぁぁぁぁぁぁぁぁぁぁ!!」

「ひぃぃぃぃぃぃ、な、なんだ、なんだ!?　どうした日向!?」

木吉が慌てて周囲を見渡す。その後頭部を日向がげしっと殴った。

「なにやってんだ、おまえはぁぁぁぁ！」

「いってぇ！　日向、なにすんだよ……」

「そりゃこっちのセリフだ！　おまえこそ、なにやってんだよ！」

「なにって……」

木吉は後頭部をなでながら、着けていたひょっとこのお面を外した。

「これ、そこに飾ってあったんだよ。珍《めずら》しいから着けてみちゃった」

木吉が「そこ」と指さしたのは、扉近くの壁で、確かにそこには能《のう》などで使用される、翁《おきな》や鬼の面が飾られていた。

「日向も着けてみないか？　おかめとか、鬼とか、いろいろあるぞ」

「この、ダアホ――!!」

にこにこ笑顔の木吉の腹に、日向のパンチが決まった。


日向たちから遅れること五分後に出発した火神&黒子ペアは、エントランスホールを通り抜け、その先の廊下へと進んでいた。

火神はまるで、なにも見たくないと言わんばかりに、懐中電灯で足下だけを照らして歩く。

「火神君、もう少し前を照らしたほうが、歩きやすくないですか?」

黒子の指摘《してき》に、火神の肩がびくっと震えた。

「あ、ああ、そうか? まあ、なんだ、こういうのは、足下を気ィつけたほうがいいと思ってよ! いや、おまえがもっと前を見たいって言うなら、いいんだぜ? うん、おまえが言うならよ!」

火神は「ハッハハッハッー」と謎の高笑いを響かせながら、懐中電灯を少しだけ上げた。

明かりに照らされ、廊下に並ぶ謎の絵画や、部屋の戸が浮かび上がる。

火神の顔がひくっと引きつった。しかし、ぶるっと頭を振ると、やけに大きな声で話しはじめた。

「肝試しっつーから、どんなのか期待してたけど、全然大したことなさそうじゃねーか。ちょっとホコリっぽくて、ちょっと暗いだけだろ。た、大したことねーな、おい！」

「…………火神君、今日はやけに饒舌《じょうぜつ》ですね？　もしかして、幽霊《ゆうれい》が怖い……」

「バッ、バカヤロウ！　んなわけねーだろ！」

黒子の言葉を途中で遮《さえぎ》った火神の声は、確実に裏返っていた。だが、黒子はそんなことは指摘せず、「そうですよね」とうなずいた。

「火神君は幽霊が怖いなんて言いませんよね」

「あ、あったりまえだろっ！」

「そうですよね……」

そう言って、黒子は口をつぐんだ。

一瞬の沈黙。

だがそれは、まさに致命的一瞬だった。

「ん、二階に上がる階段ってあれじゃねーか？」

懐中電灯が照らす丸い明かりの中に、階段が現れたのを確認した火神は、「よし、行くか」と黒子に振り向いた。

「あ、あれっ!?　黒子!?」

誰もいなかった。

火神は慌てて懐中電灯で周囲を照らすが、どこにも黒子の姿はない。

「お、おい、こんなとこで冗談はやめよーぜ……」

火神は無理やり虚勢《きょせい》を張り、空元気《からげんき》で暗闇に語りかける。

だが、応答はなかった。

火神はごくりと唾を飲みたかった。なのに、何故《なぜ》か喉《のど》は走りすぎたあとのように渇《かわ》ききっている。早鐘《はやがね》を打つ心臓に、落ち着け、落ち着くんだと何度も念じ、火神は頼りにならない目の代わりに、じっと耳を澄《す》ませた。

突然、バタンッと戸の閉まる音が聞こえた。

びくぅっと体を震わせる火神。

お、落ち着け！　あれは、戸を閉めた音だ。問題ない……いや待て、じゃあ戸を閉めたのは誰だ？

頭の中で、自然とわき上がった疑問に火神は心臓を鷲《わし》づかみされたような気がした。

そのとき――

「火神くん……」

懐中電灯の明かりの中に突如として現れた黒子の姿に、火神は盛大な悲鳴をあげた。


「ん？　今の声って、もしかして火神かな？」

と、伊月は興味半分で開けてみたドアから手を離した。

火神&黒子ペアから遅れること五分後に出発した、伊月&水戸部チームもエントランスホールを通り抜け、廊下を歩いているところだった。

水戸部は心配そうに前方に目をやった。暗がりの上、廊下はあちこちで曲がるため、先を見通すことはできない。

心配性の水戸部に伊月は苦笑して言った。

「大丈夫だって、水戸部。肝試しなんだし、悲鳴の一つや二つは聞こえるもんだよ。それにああ見えて、日向もけっこう幽霊とかダメなほうだし。もしかしたら、今頃悲鳴あげてるかもしれない。あ、でも木吉が一緒じゃ、それどころじゃないかもな」

驚き顔で水戸部が伊月を見た。日向が幽霊を怖がるというのは、初耳だったのだ。でも、言われてみれば、去年、肝試しをやろうと決めたとき、最後まで反対したのは日向だったことを思い出す。

「オレと日向って同中《おなちゅう》だったろ？　オレ、けっこう怖い話が好きで、よく日向相手に話してたんだよ。そしたらなんか、怖い話とか幽霊とか苦手になったっぽいんだよね」

日向にトラウマを植えつけた男は、さらりと言った。さらに、

「せっかくの肝試しだし、怖い話でもしながら行くか？」

と迷惑なことまで言いだす。水戸部は首を振って辞退《じたい》し、やはり怪談大好きの同中出身の級友・小金井慎二《しんじ》のことを思い出した。

おそらく小金井も嬉々《きき》としてこの肝試しを楽しんでいるに違いない。楽しみすぎて、ハメを外さないといいが……と水戸部は心配を胸に歩を進めた。

一方、その小金井は水戸部の想像を裏切ることなく、肝試しを満喫《まんきつ》していた。待ちに待った肝試し。しかも今回はあのこだわり派のリコが太鼓判《たいこばん》を捺《お》す洋館。そしてなにより、今回は実に頼もしい相棒《あいぼう》がいた。

「洋館でホラーって言えば、やっぱバイオ○ザードだよなー。この洋館の雰囲気とか、ゲームのグラフィックとイメージがばっちり合ってる」

小金井の隣で、嬉々として昔流行したホラーゲームの名をあげるのは、土田聡史《さとし》である。

「やっぱり!?　やっぱりそう思う!?　オレもそう思ってたんだよねー！　特に一作目がこんな感じだったよね！　よかったー、わかってくれる人がいて！」

小金井はこの場に不釣り合いなほどのハイテンションで、土田の肩に腕を回した。

「やっぱさ、やっぱさ、こういう洋館で、人が一人ずついなくなるって鉄板《てっぱん》だよね！」

「そうそう！　誰もいないのに扉が開いたり、ゾンビが歩いてきたり！」

土田もひょいと小金井の肩に腕を回し、まるで二人は忘年会帰りのサラリーマンのように、意味もなくその場でスキップしながらクルクルまわりはじめる。

「あとはさ、突然上から死体がどんって落ちてきたり！」

「最初はあったはずのものが、突然なくなっていたり！」

「そうそう！　つっちー、わかってるぅ！」

「コガ、おまえもな！」

暗い廊下の中心で、奇妙な二人のメリーゴーラウンドはその後もしばらく続いた。

「あ、あれ？　地震？」

降旗が足を止めた。それに合わせて、河原、福田も足を止める。

「地震っつーか、床がバタバタしてる感じ？」

懐中電灯で辺《あた》りを照らし、揺れていないことを確認した河原が言った。

「まあ、こんな古い建物をオレたちがズカズカ歩いたら、屋敷もミシミシ言うだろ」

よもや、二年生二人がスキップした振動によるものだと気づくはずもない福田の言葉に、他の二人が「確かに」とうなずいた。

最後に出発した降旗&河原&福田チームが廊下を歩きはじめて、だいぶ経《た》つ。

だが、廊下の果てにあるという階段はまだ見えない。いつもの彼らなら、どうということもない距離なのだが、今の彼らの足にはなかなか厳《きび》しいものがあった。

理由は簡単である。筋肉痛だ。

山合宿最終日ということもあり、リコの指導にも熱が入っていた上に、彼ら自身もまた最後の力を振り絞《しぼ》るように、気合いを入れて練習に向き合った。まさか肝試しがあるとは思っていなかったので、体力を使い果たした彼らは今や体を引きずるようにして歩いている。

「体中がやべーよ……」

「オレも……」

「オレたちどうせ最後だし、ゆっくり行こうぜ」

「だな」

三人はうなずき合い、もはや肝試しというよりも、体力の限界へ挑戦するために、廊下を進んでいった。


ちょうど同じ頃、小金井たちが乱舞《らんぶ》している真上の廊下を日向&木吉ペアが歩いていた。

「なんか、変な音しないか……？　床下《ゆかした》がやけに騒がしいような……」

木吉がじっと足下を見る。

「どうせネズミだろ」

日向はそっけなく答え、先に進む。その手を、木吉がガシッとつかんだ。

「な、なんだよ、急に！」

「日向……オレ、ネズミはダメなんだ」

「はぁ!?」

「昔、映画でネズミの大群が町を襲《おそ》うシーンを見ちまって、そんときネズミが逃げる子供の足に……」

「あーあーあーあーっ！　聞きたくない！　それ以上話すな！」

耳を塞《ふさ》いで喚《わめ》く日向に、木吉は「な、怖いだろ」と真顔《まがお》で言った。

「んなもんだから、それ以来ネズミがいるとわかると、体が動かないんだ」

「どんだけデリケートなんだよ、おまえ！」

声を荒らげる日向に、木吉は照《て》れたように頭をかいた。

「それほどでもねぇけどな」

「褒《ほ》めてねーよ！」

日向はため息と共に肩を落とすと、「しゃあねえなぁ」とつぶやいた。

「ここで少し休んで、動けるようになったら行こうぜ」

「悪いな」

「そう思うなら、少しは体が動くよう努力してくれ」

「ああ、そうか」

木吉は自分の足に力を入れる。だが、足は地に貼《は》りついたように動かない。

「あ、あれ？　なんか今日は強情《ごうじょう》だな……」

「ったく、しっかりしてくれよ。指定された部屋もまだ見つけてねーんだぞ」

リコの計画した肝試しはこうだ。

まずは一階の廊下を進み、突き当たりの奥の階段から二階に上がる。

二階には目印《めじるし》となる張り紙がしてある部屋が五つあるので、そのうちの一つに入り、中に置いてあるプロテインの空《あ》き缶を持って、また玄関に戻るというものだ。

張り紙はわかりやすい部屋に貼ったから！　とリコは上機嫌で言っていたが、日向たちはまだそれらしき部屋を見つけていなかった。

ふと、誰かに見られている気がして日向は周囲を見回した。

当然のことだが誰も、なにも、いない。その事実に日向はぞくりと肩を震わせる。

木吉といるため、突っ込むことに忙しく、多少は気を紛《まぎ》らわせていたが、こうして古びた洋館にいるということを改めて自覚すると、日向の心の奥にぞわりと恐怖がわき起こった。特にこうやって、木吉が自分のことだけに精一杯《せいいっぱい》になっていると、会話もなく、余計に恐怖が――

キィキィ……キィキィ……


聞き慣れない音に日向ははっとして、廊下の奥に目を向けた。

嫌な汗《あせ》が頬《ほお》を伝《つた》う。

「お、どうにか動けそうだ。お待たせ。……ん、どうした？」

日向のただならぬ雰囲気に、木吉が首を傾《かし》げ、日向の視線の先に明かりを向けた。

照らされた先には、廊下が続いている。

「どうした、日向」

「今、変な音が……」

廊下の奥にいる、《なにか》を見極《みきわ》めるようと日向は目をこらす。

「変な音？　まさかネズミか……！」

木吉の顔色がさっと青くなった。

しかし次の瞬間、顔色は青から白へと変わる。


キィキィ……キィキィ……

木吉の耳も確かに奇妙な音を捉《とら》えた。

やがて、軋《きし》む音を響かせて、それは現れた。

廊下の奥から、ゆっくりゆっくりとこちらへ近づいてくるのは――

誰も座っていない、古びた車椅子《いす》。

「ぎゃぁぁぁぁぁぁぁぁぁぁぁぁぁぁぁぁ!!」

「ばぁちゃぁぁぁぁぁぁぁぁぁぁぁぁぁん!!」

悲鳴は自然と口から飛び出し、二人は一目散《いちもくさん》に駆けだした。

古びた車椅子に背を向け、来た道を走って戻る。途中、来たときは無視した十字路にさしかかると、日向の目は右手の廊下に、白い紙の貼られた扉があるのを発見した。

「木吉っ!」

日向は木吉にすばやく声をかけながら、一気《いっき》に急ブレーキをかけて右に折れ、危うく通り越しそうになった扉を勢いよく開けた。

二人はほとんど倒れ込むように白い紙の貼られた部屋へとなだれこむ。

ばたんっと大きな音を立てて部屋の戸を閉めると、そのままずるずると背中を戸に押しつけて、座り込んだ。

背中に壁があることに、これほどまで安心感を覚えたことは今までにない。

「な、なんだったんだ、今の……？」

日向が当然の疑問を口にした。

「車椅子、だったよな……。車椅子がなんでこんなとこにあるんだ？」

「オレが知るかよっ！」

日向の一喝《いっかつ》に、木吉は腕を組み、「それもそうだよな……」と小さくつぶやく。

「考えられる理由としては、昔ここに住んでいた人物の忘れ物ってとこか」

「木吉、今は『アレが誰のものか』ということより、『なぜアレが動いたのか』が大事だろ!?」

日向の鋭い指摘に、木吉は「うーむ」とうなったまま、黙ってしまった。沈黙する木吉に代わり、日向が口を開く。今はなにかしゃべっていないと、心臓がおかしくなりそうだ。

「あの車椅子が元からこの屋敷にあったとして、それがなぜ勝手にこっちに進んでくる!? 誰かが押したというなら、それは誰だ!? オレたちは最初に出発した。ということは、オレたちの前方には誰もいないってことだ！　でも、前方から車椅子はやって来た！」

日向は頭を抱え、「なんなんだよこれ……」とうめいた。

その肩に、ぽんと手が置かれる。

「……なんだよ」

日向は少しだけ顔を上げ、横目で木吉を見た。

「日向、オレにはわかったぞ」

木吉はひどく自信に満ちた顔で、日向を元気づけるように肩をぽんと叩《たた》いた。

「わかったって……マジか⁉」

驚き、身を乗り出す日向に、木吉は力強くうなずいた。

「ああ、この一連の不可思議《ふかしぎ》な事件に対する答えは、これしかない……！」

木吉は、一拍《いっぱく》おいて言った。

「前の住人が忘れ物を取りに帰ってきたんだ！」

「…………は？」

日向の口から、ひどく気の抜けた声が漏れた。木吉は構わず、朗《ほが》らかな笑顔で続けた。

「車椅子を忘れるなんて、うっかりな住人だよな！」

「おまえはもうなにも考えるな！」

日向はまたもや頭を抱え、木吉とパートナーになったことを心底悔《しんそこく》やんだ。

「だからおまえはどうしてそう影が薄いんだよ！」

「ボクに言われても困ります。強《し》いて言えば個性ですね」

「うっ……」

黒子のしれっとした答えに火神は思わず詰まった。けれど、火神の中の鬱憤《うっぷん》は晴れるわけもなく、

「こっ、個性って……知るか――っ！」

半分ヤケのように怒鳴り、ドスドスと廊下を歩いていく。彼らもすでに二階へと上がってきていた。

「いいか、おまえはもう今後一切黙るの禁止だかんな！　ずっとしゃべってろ！」

黒子が暗闇で沈黙すると、いかに危険かを学習した火神は、早速《さっそく》対策案を提示した。

しかし、黒子は首をひねる。

「しゃべるって、なにをですか？」

「なにをって……なんでもいいんだよ！」

「なんでも……」

黒子はしばし黙考《もっこう》すると（その間、火神は「だからしゃべれって！」としきりに急《せ》かした）、「じゃあ、こういう話はどうですか」と話し始めた。

「ボクが小学生の頃の話です」

「おう、いいじゃねぇか。おまえ、どういうガキだったんだよ」

「普通です」

「おまえの普通って…………」

火神は黒子の小学生時代を想像しかけたが、具体的な像が浮かぶより先に話の続きが始まった。

「ボクが通ってた小学校の近くに、長い長い石階段があるんです。これは同級生の巻藤《まきふじ》君から聞いた話なんですけど、巻藤君が夕暮れどきの放課後、その階段を降りていたら、下から髪の長い女性が登ってきたそうなんです。巻藤君は、最初は気にしてなかったらしいんですけど、すれ違ったとき、あれ？　って思ったそうなんですよね。と言うのも、その女性は夏なのに長袖《ながそで》のコートを着て、顔にはマスクをしていたらしくて。だから巻藤君もつい気になって振り返ったそうです。そうしたらなんと、いつの間にか、真うしろにその女性が立っているんですよ。そして彼女は優雅《ゆうが》にそっとマスクを外して……『わたし、きれい？』」

「黒子────っっ!!」

火神の悲鳴に近い声に、黒子はきょとんとなった。

「なんですか？」

「『なんですか』じゃね──っ！　なんでここで怪談なんかすんだよ！」

「そういう雰囲気かと思いまして」

「全然そういう雰囲気じゃねーんだよっ！」

「火神君、いろいろと注文が難しいです」

黒子はやれやれといったように、肩を落とす。だがすぐに、その顔が険《けわ》しくなった。

「あれ、なんでしょう？」

黒子はすい、と前方を指さした。

「ああ？」

火神は怪訝《けげん》な顔で前を見つめ、固まった。

黒子が指さした暗闇。

その中で、赤い光がゆらーりゆらーりと揺れていた。

懐中電灯の明かりではない。

暗闇の中で赤く燃えるそれは——

「ひ、人魂《ひとだま》————っ!?」

どしんっと大きな音を立てて、火神は尻餅《しりもち》をついた。震えながら、うしろ手に後ずさる。

そんな火神をよそに、放り出された懐中電灯を黒子が拾い、そして彼は、火神には信じられない行動に出た。

じっと人魂を見つめ、やがて一歩踏み出したのだ。

「火神君、行ってみましょう」

「なっ、なっ、なに!?」

「人魂なんてそうそう見られません。行ってみましょう」

「なにいいいいいいい!?」

火神はこのときほど、黒子のことが理解できないと思ったことはなかった。

床に座り込んでからどれくらい経《た》っただろうか。日向と木吉はようやく落ち着きを取り戻し、部屋の中を捜索しはじめた。

捜し物はリコが用意したプロテインの空き缶だ。

日向たちが入った部屋は、以前は客間だったらしく、古いボロボロのソファやサイドテーブルなどが置かれていたが、広さのわりに調度品《ちょうどひん》は少なかった。おかげで空き缶は簡単に見つかった。

「はぁ、ようやくこれで帰れるな」

日向が窓辺のチェストに置いてあった、《お徳用《とくよう》一キログラム》のプロテインの缶を持ち上げる。

「ん？」

缶を持ち上げたまま、日向の眉間《みけん》に皺《しわ》が寄った。

「どうした？」

「いや、なんか中に入ってるような……」

日向は缶を振り、首を傾《かし》げながら缶の蓋《ふた》を開けた。

途端《とたん》、勢いよく飛び出してきたのは——

「ぎゃぁぁぁぁぁぁぁぁぁぁぁぁぁ!!」

懐中電灯の明かりの中に勢いよく飛び出したそれを見た瞬間、木吉は悲鳴をあげてすべてを放り出して逃げた。

「おい、木吉！」

日向の制止の声も聞かず、木吉は部屋を飛び出す。

床に転がる懐中電灯を拾い、日向は慌てて廊下へ出たが、そこには誰の姿もなかった。

「動けなくなるって、嘘《うそ》じゃねーか……！」

愕然《がくぜん》として佇《たたず》む日向は、手にしたプロテインの缶に目を落とした。

缶からは、飛び出したバネの先でネズミのぬいぐるみがふらふらと揺れていた。


懐中電灯を握った黒子の後を、火神は大きな体を小さくしてついて行った。

火神には信じられないことだが、前を歩く黒子の足取りに迷いはない。

「な、なあ、やめないか？　人魂も結局、見えなくなっちまったし」

火神の言う通り、前方の暗闇はすでに元通りの黒一色を取り戻していた。

しかし黒子は首を振り、前を見たまま答える。

「でも、どんなところに人魂が発生するのか、見てみたいじゃないですか」

「そ、そうか？　オレはそうは思わねーけどな……」

顔を盛大に引きつらせながら、火神はあれこれと意見を述《の》べたが、黒子の足を止める決定打にはならなかった。

いよいよ火神が、このままオレは人魂に呪《のろ》われるんだ、と覚悟したとき、ふいに黒子が足を止めた。

「これってカントクが言ってた部屋じゃないですか？」

「へ？」

黒子が懐中電灯で照らした先には、廊下に面した扉に白い紙が貼られていた。

「あ、ああ。そうみたいだな」

「人魂も気になりますが、先に目的を済ませてしまいましょう」

「そ、そうだな！」

火神としては渡りに船だ。今は少しでも人魂発生付近への接近が防げるのであれば、なんでもいい。

黒子は扉に手を伸ばし、ドアノブに手をかけた。

けれど、いくら待っても黒子はドアを開かない。

「黒子、どうした？」

業《ごう》を煮やして火神が尋ねると、黒子は耳を澄ますように、耳のうしろに手を当てた。

「なにか、聞こえませんか？」

「へ？」

火神はびくっと震えた。意識的になにも聞かないようにしていたのに、今の一言でつい、周囲の音に意識を向けてしまった。結果……聞こえたのだ。

「電話……の、音ですね」

黒子が廊下の反対側に光を当てた。そこにはチェストの上に黒電話が鎮座《ちんざ》している。

音は、電話から聞こえる。

廃墟の洋館で、電話は誘うように呼び鈴を鳴らしていた。

「な、なんで………」

火神は掠《かす》れた声を出したが、それ以上続かなかった。

「こんなところで電話が鳴るなんて、おかしいですね」

黒子はひょいと首を傾《かし》げ、電話へと近寄ろうとした。その手を、火神がつかむ。

「く、く、黒子⁉　おまえ、なにしてんだ⁉」

「なにって……電話が鳴っているなら、出ないと」

「ばっ、ばか言ってンじゃねぇ！　んなこと、すんな！　呪われっぞ！」

火神の必死の形相《ぎょうそう》に、「ですが……」と、黒子は困ったように眉根《まゆね》を寄せた。

彼らの答えを待つように、電話は鳴り続けた。


一方、消えた木吉を探していた日向は、意外な人物と出会っていた。

「い、伊月、水戸部？」

二階のT字路の廊下でばったりと出くわした同輩《どうはい》に、日向はほっと息をついた。

これ以上、人外《じんがい》のもの、もしくはその仕業《しわざ》に出会ったら、高校生男子としてはあるまじき醜態《しゅうたい》をさらすに違いないと思っていたところだったので、この再会は有り難かった。

もちろん、それを口に出す日向ではなかったが。

「あれ、日向？　木吉は一緒じゃないのか？」

伊月と水戸部も、意外な再会に驚きを隠せない。

「木吉のやつ、急にいなくなってさ、捜してたんだけど……。見なかったか？」

日向の問いに、水戸部と伊月は顔を見合わせると、水戸部がふるふると首を振った。

「いや、オレたちは会ってねーよ。オレら、二階に上がってすぐ脇道《わきみち》っぽい廊下に入ったから、今まで誰にも会わなかったし。つーか、いなくなるってどういうことだ？」

伊月の質問に、水戸部も心配そうにうんうんとうなずいた。

「まぁ、なんつーかなぁ……」

日向がため息をつく。どこから話そうかと、思考を巡《めぐ》らせていると、ふと変な音が聞こえた。いや、変というよりも、どこか聞き慣れた音。

なんだ？

日向は音がした方向に目を向け、固まった。

「どうした、日向？」

急に黙り込み、廊下の先を凝視《ぎょうし》する日向に、伊月と水戸部は不審《ふしん》な顔をする。日向は口をぱくぱくさせながら、震える指で自分の前方をさした。

水戸部と伊月はいぶかり、廊下の曲がり角から顔を出して、示された方向を見る。二人は、衝撃に固まった。

「あ、あれって……！」

伊月が目を見張り、水戸部は信じられないと、声なき声で言った。

暗闇の中に、青白い光が浮いていた。

「ひ、人魂………！」

だが、驚きはこれだけではすまなかった。伊月は異変に気づき、はっと周囲を見回す。

床が、ミシミシと震えていた。

「なんだよ、これ……」

伊月が落ち着きなく、視線を巡らせる。

そして、それは起きた。

衝撃音。否、破壊音か。

木がめりめりと折れる音。漆喰《しっくい》がばらばらと砕《くだ》ける音。そしてすべてを包み込むかのような埃が舞い上がる。

一体、なにが起きたのか――それは、誰にもわからなかった。

なぜなら、確認するより先に、日向たちは悲鳴をあげて駆けだしていたのだから。


同じ頃、二階への階段を鼻歌交じりで上がっていた小金井&土田ペアも、異常な音に顔を見合わせていた。

「聞いたか、つっちー」

「ああ、すごい音だったな……」

小金井が緊張した面持《おもも》ちで、ごくっと息を飲む。

「これってさ………アルマゲドン⁉」

「もしかしたらハルマゲドンかもな！」

「ドンドンいい感じだな！」

二人は互いの肩を叩き合い、陽気に笑った。相変わらずの満喫モードである。

そんな二人の耳に、今度は別の音が聞こえた。

バタバタと駆けてくる足音だ。一緒に悲鳴らしきものも聞こえる。

声と足音はどんどんこちらに近づいてきて、懐中電灯の明かりと共に二人の前に姿を現した。

「センパ——イ‼」

降旗たち、一年生三人組だった。

「あれ、どうしたの、おまえら」

降旗たち三人は、半泣きの顔で小金井たちに突進してすがりついた。

「ほえ？」

さすがに驚く小金井と土田に、三人は身振《みぶ》り手振《てぶ》りを加えて説明する。

「いきなり出たんですよ！」

「上からどさ――――って！」

「もぉすんげー音で！　しかも、中から声聞こえるし！」

「助けてー助けてーって！　あれ、ぜってぇ地縛霊《じばくれい》かなんかっすよ！」

弾丸《だんがん》のように話す三人に呆気《あっけ》にとられていた小金井たちだったが、「地縛霊」という言葉には敏感に反応した。

「つっちー……」

「うん」

小金井と土田は視線を交わし、うなずき合う。

「これは見に行かねば!!」

がしっと握手して宣言する二人に、一年生三人は絶句するほかなかった。


肝試しの企画者《きかくしゃ》、紅一点《こういってん》の相田リコは洋館一階の廊下を歩いていた。

なにしろいくら待っても、誰も洋館から出てこない。暇《ひま》つぶしに、洋館の周囲を一周してみたが、それでも時間を持て余すほどだ。虫除《むしよ》けスプレーの効果もだいぶ前に切れてしまったため、仕方なく様子を見に行くことにした。

「まったく、一人で待ってる身にもなりなさいよね」

愚痴《ぐち》をこぼしながら、懐中電灯を片手に彼女はずんずんと歩《ほ》を進める。

その勇ましい足取りが、突然止まった。

「なにこれ⁉」

彼女の目の前、廊下の中央には、木や漆喰などが積み重なった瓦礫《がれき》の山がどんっと鎮座していたのだ。天井に懐中電灯の光を当てれば、まるまる抜け落ちている。どうやら床が腐っていたところを、誰かが踏み抜いてしまったようだ。

「夕方、歩いたときは全然平気そうだったのに……」

リコは、呆然《ぼうぜん》と瓦礫の山を見つめていたが、すぐに我に返った。

「ちょっと、中に誰かいる⁉」

誰かが踏み抜いたということは、一緒に落ちた可能性もある。リコは瓦礫の山に向かって、必死に声をかけた。

「日向君⁉　それとも鉄平⁉　ちょっと！　いるなら返事してよ！」

「あれ、カントク？」

「え？」

瓦礫の中からではなく、外から名を呼ばれて顔を上げると、瓦礫を挟んだ反対側に、小金井と土田、そして一年生三人組がばたばたと集まってきていた。

「外で待ってたんじゃなかったっけ？　つか、これ、どうしたの？」

小金井が不思議そうな顔をして、瓦礫を指さした。

リコは心配げに言った。

「誰かが踏み抜いたらしいの！」

「ええ!?」

小金井が驚きの声をあげる。

続いて、降旗が必死の形相で言った。

「違いますよ、これって地縛霊の仕業ですよ！」

「ええっ!?」

今度はリコが驚きの声をあげた。

「だってほら、変な声が聞こえるじゃないですか！」

福田が瓦礫の山を指さし、主張した。

そう言われては聞かないわけにはいかず、全員で耳を澄ます。

すると。

「…………タスケテ…………タスケテ…………」

一年生が主張した通り、瓦礫の中からうめき声が聞こえた。

「ほら、やっぱり〜〜〜〜っ!!」

一年生三人組は怯《おび》えて飛び退《の》き、土田と小金井のうしろに回って、二人を盾《たて》にした。

「……ほんとに地縛霊なのか?」

はじめて体験する怪奇現象に、さすがの小金井も緊張した面持ちとなる。

「なあ、どう思うカントク?」

小金井がリコを見ると、いつもは気丈《きじょう》な彼女も顔を青ざめさせていた。

「うそ……まさか、そんな……!」

リコが洋館に乗り込む少し前。

屋敷を震わせるような轟《とどろ》きに、火神が驚愕《きょうがく》しないわけがなく——彼は持ち前の瞬発力《しゅんぱつりょく》で黒子を連れて、リコが指定した部屋に逃げ込んだ。

背中で戸を閉め、呼吸も止めて耳を澄ませる。謎の轟音《ごうおん》は止《や》んでいた。しかも、あの不気味な電話の音も、いつの間にか止まっている。

火神は長く長く、息を吐《は》いた。

「次から次へと、なんなんだよ……！」

「あっ、ありました」

「なにが⁉」

ひぃぃっと逃げ腰になる火神に、黒子が「これです」とプロテインの缶を見せた。

「これを持って玄関に行けば、肝試しは終了ですね」

黒子の平然とした口調に、火神は額《ひたい》に手を当ててうめいた。

「おまえって………すげーんだか、鈍《にぶ》いんだか、わけわかんねぇ」

「そうですか？」

黒子はきょとんとして、火神に懐中電灯を渡し、プロテインの缶を両手で抱える。

火神は肺《はい》の中の空気をすべて入れ替えるように、深く深呼吸した。

正直なところ、外に出るのは怖い。だが、目的のプロテインの缶が手に入った今、一刻も早くここから抜け出したいという気持ちのほうが優《まさ》っていた。

火神はぐっと懐中電灯を握る。

「黒子、行くぞ……！」

火神はドアノブに手をかけ、勢いよく廊下へ出た。

「火神君、危ないです」

「あん⁉　なにが⁉」

黒子の言葉に火神は振り返る。途端、彼はどんっと壁にぶつかった。

廊下に出たはずが、《壁》にぶつかるという事実に火神の顔が固まる。

固まった顔のまま、火神はゆっくりと振り向き、廊下のほうを見た。見てしまった。

「ひぃぎゃぁぁぁぁぁぁぁぁぁぁぁぁぁぁ‼」

盛大な悲鳴が廊下に響いた。

「火神君！」

慌てて駆け寄る黒子の前で、火神の巨体はゆっくりと倒れてゆく。

「で、ででで……出た……」

がくがくと震える火神の口から漏れた一言。

それを最後に、火神の意識は暗闇の奥へと落ちていった。

「火神君、火神君……」

火神の名を呼ぶ黒子の声だけが、静かな廊下に響いた。

ほどなくして、洋館のエントランスホールホールに火神、黒子、そして木吉を除く誠凛高校バスケ部員が集まった。

リコの第一声はこうだ。

「幽霊が出たとか、ホラーハウスだとか、みんな何言ってんの!?」

腕を組み、呆《あき》れた様子で全員の顔を見つめる。

「そうは言うけど、ホントにいたんだって！」

日向の主張に伊月がうなずく。

「リコ、世の中にはオレたちの理解できないことなんて、いっぱいあるんだ」

「たとえば、どういうことよ？」

リコは疑いの目で日向を見つめた。

「たとえば、今夜だよ。オレと木吉が二階の廊下を歩いていたら、誰もいない廊下の反対側から、ひとりでに車椅子がこっちに向かって走ってきたんだ」

「あぁ、それはオレだ」

「はい⁉」

突然の第三の声に、日向の声は裏返る。

そして、暗闇から現れた人物に目を見開いた。

「あ、あなたは……」

リコの背後の闇から現れた人物、それはリコの父親だった。しかもどういうわけか、体中埃まみれな上、洋服のあちこちが破れている。

「パパ。もう起き上がっても大丈夫なの？」

リコの心配そうな声に、リコの父は不敵《ふてき》に笑った。

「ああ、そんなやわな鍛《きた》え方しちゃいないさ」

「な、なんでここに……」

突然のリコの父登場に絶句する日向に、小金井がこそこそと小声で説明した。

「カントクのお父さん、カントクが心配で一日早く迎えに来ちゃったらしいよ」

なにしろ娘LOVEの父である。仕事の目処《めど》を予定より早くつけて民宿に来てみれば、愛《いと》しの娘の姿はなく、彼女は野郎どもと一緒に肝試しをしに洋館に行ったと知らされた。怖がる娘に、どさくさに紛れて抱きつくような不届《ふとど》き者がいたら、成敗《せいばい》せねば！　と父はこの館《やかた》に乗り込んできて、しかし乗り込んだはいいが、勢いあまってか、一階の床を踏み抜き、一階へと落ちた。ところが、奇跡的にほとんど怪我《けが》もなく、リコの父は今、日向たちの前で腕を組み、普通に立っている。

「パパと車椅子、なんの関係があるの？」

リコの質問に、父は時刻的に濃くなってきた髭《ひげ》をなでて、言った。

「二階に上がったとき、なにかに蹴躓《けつまず》いてな。うん、あれは確かに車椅子っぽかった」

「じゃあつまり、パパが蹴飛《けと》ばした車椅子に、日向君たちは驚いたわけ？」

リコが呆れた顔で日向を見つめる。リコの目は「だらしないわねぇ」と語っていた。

しかし、それで済まされるような今夜ではなかったことを、日向は知っている。

「で、でも！　オレは人魂も見たんだぞ！」

「ああ、オレも一緒に見た」

日向の言葉に、伊月が同意し、水戸部も首肯《しゅこう》で同意を示す。

「青白い光が、こう……闇の中に浮かんでた！」

「人魂なら、ボクも見ましたよ」

「マジ!?　って、黒子!?」

新たな声に振り向いた小金井が驚きの声をあげる。いつの間にか、廊下の奥に黒子が立っていた。

「ボクが見たのは、赤い人魂でしたけど」

そう言いながら歩いてくる黒子の隣には、木吉が並んでいた。

「人魂かぁ、怖そうだけど、オレも見たかったなぁ」

木吉がのんびりと言うと、リコの父が言った。

「それもオレだぞ」

「はいっ⁉」

またしても予想外の返答に、全員の視線がリコの父に集中した。

「途中でケータイを落としちまってな、それを探そうとしたんだが、明かりがなくて。仕方なく、マッチに火をつけて、回りを見ていたんだ」

「マッチ……？　いや、オレたちが見た人魂は、そんな色じゃなかったですよ。青白かった」

日向の反論に、リコの父はケータイを取り出して言った。

「だから、これの光だろ」

と、二つ折りのケータイを開くと、バックライトが青白く光った。

「その音！　ケータイを開く音だったのか……」

日向が、どこかで聞いたことがあると思った音は、日常よく耳にする音だった。平素ならば当然気づくことに、全然気づかないとは……。彼は呆然とする。

リコの父は、やれやれと頭をかくと、男子一同を見渡した。

「そんなことより、オレのケータイは見なかったか？」

「ケータイ、持ってるじゃない」

リコの言葉に、父は首を振る。

「これはオレの仕事用のケータイだ。二階にプライベート用のケータイを落としたままなんだよ。途中でこっちのケータイから電話して鳴らしてたんだが、いきなり床が抜けちまってよ」

「……もしかして、落としたケータイの着信音って、昔の電話と似た音ですか？」

黒子が質問すると、「おお、よくわかったな」とリコの父はうなずいた。

「おまえ、見つけたのか」

「いえ、近くで着信音が鳴るのは聞きました。マッチ棒で明かりをつけた付近にあると思いますよ」

「ああ、あの辺か……。灯台下暗《とうだいもとくら》しってのは、こういうことだな」

リコの父はほっとしたように顔の筋肉を緩《ゆる》めたが、それが急に険しくなる。

「おい、おまえの足下で寝てるやつはなんだ？」

「火神君です」

黒子の言った通り、彼の足下では火神が倒れていた。

「私もさっきから気になってたんだけど、火神君、どうしたの？　黒子君、火神君の足を引っ張って連れてきてたわよね？　寝てるの？」

リコも不審げな目で、床の火神を見つめる。

「あー、それは、オレのせいだ」

そう言って頭をかいたのは、木吉だった。

「オレが一人でウロウロしてたら、いきなり部屋の中から火神が飛び出してきて、ぶつかったショックで気ぃ失ったんだ」

木吉は、まいったまいった、とでも言うように、にへらと笑った。

「ぶつかっただけで気絶したの？　打ち所悪かったとか？」

リコが不思議そうに首を傾げると、木吉は照れたように笑った。

「いやー、それがさ。ネズミに襲われたら大変だって思って、ネズミ対策用にこれを着けて歩いてたんだよ」

と、木吉は頭のうしろにつけていたお面を顔の正面へ回した。

それは能で使用する鬼の面だった。玄関に飾ってあったものを、持ち歩いていたらしい。日向は火神に心底同情した。

一通り話を聞き、リコは額に手を当てて、やれやれと頭を振った。

「まったく、高校生にもなってなにが幽霊よ。まぁ、二階から落ちたのが、みんなじゃなかったからよかったけど」

「おい、それじゃオレだったら怪我をしてもいいってことか？」

リコの父が拗《す》ねたような声を出す。

「いいとは言わないけど、合宿の最後に怪我なんて笑えないもの。だいたい、合宿中だってのに、一日早く迎えに来る親がどこにいるのよ」

「ここにいる！　我が娘《こ》の心配をして、なにが悪い！　オレはおまえが肝試しで悲鳴をあげているんじゃないかと、心配してたんだぞ！」

父の熱い言葉に、リコは呆れ顔で答えた。

「私が肝試しで悲鳴をあげるわけないでしょ。それに心配しなくても、私は外でずっと待ってたわ」

「外で!?　おまえ、一人でいたのか!?」

リコの父の声が裏返り、かっと目を見開くと、憤怒《ふんぬ》の形相でバスケ部員をにらみつけた。

「おまえら……**オレの娘をよくも一人にしたな――――っ**」

水から浮かび上がるように、火神の意識がふっと戻った。

「で、でたっ!」

火神は飛び上がるように跳《は》ね起き、辺りを見回す。

「あ、あれ、ここは……?」

きょろきょろしていた視線が、一つの光景を見つける。

彼の視線の先では、退屈顔で座り込んでいるリコと、長時間正座をさせられて苦悩の顔を浮かべる誠凛バスケ部一同と、彼らに向かって、マグマにも劣らない熱い説教を繰り広げるリコの父の姿があった。

火神の顔が引きつった。

「…………鬼《オーガ》だ」

鬼の怒りはおさまりそうになく、山合宿はまだまだ終わりそうになかった。

おまけ
我が輩は新入部員である

「我が輩は犬である。

名前はテツヤ二号。誠凛《せいりん》高校バスケ部の新入部員である。

今日は我が輩の華麗《かれい》なる一日を紹介しよう。

まず朝は、バスケ部員たちと一緒の、ランニングから始まる。実に健康的な朝である。

我が輩は、バスケ部員を鼓舞《こぶ》するためにも、常《つね》に声出しを心がけている。

だが、彼らは我が輩の思いやりにも気づかず、『二号は今日も元気だな』と言ってばかりだ。まったく人の気……いや、犬の気も知らないで失敬千万《しつけいせんばん》ではあるが、心の広い我が輩は許すことにしているのである。なんとすばらしき、我が輩。

ランニングが終わると、朝ごはんタイムである。用意してくれるのは、カントクのリコ嬢だ。

『ほーらほらほら、朝ごはんだよ～。おいしそうでしょー、特製缶詰《かんづめ》だぞ～』

しかし、我が輩はリコ嬢の出す食べ物については、やや疑心暗鬼《ぎしんあんき》である。なぜなら、このバスケ部に来た当初、彼女が作ってくれた特製ごはんを食べてから三日、我が輩は生死の境《さかい》をさまよったことがあるのだ！

それ以後、リコ嬢は《特製ごはん》から《特製缶詰》に変えてくれたが、我が輩は進化する動物である。同じ過《あやま》ちは繰り返さないよう、しっかりと匂《にお》いを確かめてから、食べるようにしているのだ。

朝ごはんが終わると、我が輩の自由時間となる。……と思っている輩《やから》が多いと思うが、それは甘い！　甘い考えであると言わざるを得ない。

ここからが、我が輩の真の活躍である。

部室には、実に多くの部員が入れ替わり立ち替わりやってくる。彼らの多くは「授業が自習になったから」という理由だ。

そして、やってきた彼らは常にこう言うのだ。

『テツヤ二号、遊ぶぞ！』

まったく、彼らは自分が遊びたいだけなのに、我が輩をダシに遊ぼうとするお子ちゃまだ。だが、心の広い我が輩は、いつだってつきあうことにしている。

別に彼らが、いつもボールを投げてくれるのが嬉《うれ》しいだとか、ロープの引っ張り合いが楽しいだとか、そういうことは全然ない。

時として、彼らの中には我が輩を遊びに誘わず、

『おまえはいいな、悩みがなくて……』

と、失礼なことを言いながら、勝手に相談事をしてくる者もいる。

そんなときは、我が輩は彼らの言葉に耳を傾け、きちんとアドバイスを返すようにしている。

相談されたら、きちんと答えるのが、犬の常識なのだ。だが、いくら我が輩がアドバイスをしようとも、所詮《しょせん》やつらは人間。我が輩の崇高《すうこう》なる考えが理解できるわけでもなく、

『うんうん、そうか、慰《なぐさ》めてくれるのか。ありがとう』

と、勝手に納得して、勝手に元気になって帰って行くのだ。まあ、元気になるのはよいことではあるが、我が輩の苦労を誰もねぎらってくれないのは、いささか物足りない気がしないでもない。

さて、放課後となれば、いよいよ部活の時間である。ウインターカップに向けて、今が正念場《しょうねんば》なのだ。我が輩も心して、彼らを応援することにしよう。まあ、我が輩がいるからには、誠凜バスケ部が負けることはありえないが」

「ってことを、こいつは考えてるんだぜ！」

そう言って、伊月《いづき》はテツヤ二号を抱え上げた。

「くそ、やけに上から目線だと思ってたが、マジだったんだな」

と、火神《かがみ》が息巻《いきま》く隣で、

「たぶん、そう思ってるのは火神君だけだと思いますよ」

と、黒子《くろこ》が言い、

「二号がなに考えてるのか、わかったら楽しいのになー」

と、小金井《こがねい》が水戸部《みとべ》に同意を求めると、水戸部はうんうんとうなずくので、

「え？　今のって伊月の作り話だったのか？」

と、驚愕《きょうがく》に顔を固まらせる木吉《きよし》の頭を日向《ひゅうが》がはたく。

「ほら、練習はじめるぞっ！」

日向の号令が響き、それに応《こた》えるように背番号十六番の部員の声が続いた。

「わんっ！」

POSTSCRIPT
あとがき

とゆうわけで小説版です。
知ってて手にとってくださった方、ありがとうございます。
コミックスと間違えて手にとってしまった方…すみません…！
けど面白いと思うんで…！
下手したらフツーに本編より面白いと思うんで…！
今回、小説化にあたって思ったことは
「てゆうかあとがきとか何言えばいいんじゃい」とか
「小説って聞いたのに描く絵結構多いな、くそぅ」とか
「バスケしてねえなーコイツら」とか色々ありますが、
何より一番思うのはやはり感謝です。
とにかく本というものは本当に多くの方の力を
借りてできるものだと痛感しました。
当たり前ですが自分一人ではとてもできませんでした。
だから心から関係者の皆様、ありがとうございます。
平林さん、ありがとうございます。
そして改めてこの本を手に取ってくださったすべての皆様、
目一杯の気持ちを込めてありがとうございます…！

藤巻忠俊

POSTSCRIPT
あとがき

この度は「黒子のバスケ　-Replace-」を
手にとって頂き、ありがとうございます！
タイトルにある「Replace」とは、バスケット用語で
「元の場所に戻る」という意味だそうです。
というわけでして、本書では黒子君たちの
中学生時代を書かせて頂きました。いかがでしたでしょうか？
そして毎度のことながら、今回もたくさんの方にお世話になりました。
特に、お忙しい中、イラストを描き下ろしてくださった、
藤巻先生！　本当にありがとうございます！
もうなんか本当に……ありがとうございました！（それしか出できません）
では最後に、この小説が本編と
一緒に楽しんで頂けることを願いつつ……。

それではみなさま、まだどこかで。

一月某日　インフルエンザで朦朧としている
平林佐和子

THE BASKETBALL
WHICH
KUROKO PLAYS.

■初出
黒子のバスケ−Replace−　書き下ろし

[黒子のバスケ− Replace −]

2011年 3 月 9 日 第 1 刷発行
2022年 9 月 6 日 第 28 刷発行

著　者／藤巻忠俊 ◉ 平林佐和子

編　集／株式会社 集英社インターナショナル
〒101-8050 東京都千代田区一ツ橋 2-5-10
TEL 03-5211-2632(代)

装　丁／勝亦一己

編集協力／佐藤裕介 ◉ 谷口明弘 [由木デザイン]

編集人／千葉佳余

発行者／瓶子吉久

発行所／株式会社 集英社
〒101-8050 東京都千代田区一ツ橋 2-5-10
TEL 03-3230-6297：編集部 03-3230-6080：読者係
03-3230-6393：販売部（書店専用）

印刷所／中央精版印刷株式会社

Printed in Japan　ISBN978-4-08-703240-6 C0093

検印廃止